Maeva Derby

Mon Budget sur Pilote Automatique

LE CARNET

ALISIO

Sommaire

Bonjour, c'est Maeva !

La Méthode Bento en 3 étapes

Comment utiliser ce carnet ?

C'est parti ! État des lieux de tes finances

Mois après mois

Oh non, c'est déjà fini !

* La thématique du mois

Bonjour, c'est Maeva !

Bonjour à toi et bienvenue dans ce carnet !

Je me présente : je m'appelle Maeva et je suis l'auteure de l'ouvrage *Mon budget sur Pilote Automatique* que j'ai sorti en janvier 2021 sous le pseudonyme « Paula Cay » en hommage à ma mère. J'ai publié ce livre en autoédition (quelle aventure !) : tu tiens donc entre tes mains le fruit de ma toute première collaboration avec une maison d'édition !

Depuis la sortie de *Mon budget sur Pilote Automatique*, j'ai aidé plus de 7 000 personnes à (re)prendre le contrôle de leurs finances, sans prise de tête… mais pas sans effort. Je suis également la créatrice du compte Instagram @monbudgetbento qui compte plus de 50 000 abonné(e)s au moment où je remets ce texte à mon éditeur (mais c'est un chiffre qui évolue de jour en jour, donc je te laisse le soin de me rejoindre là-bas pour des nouvelles plus fraîches).

Mon objectif ? Démocratiser les bases de la finance, afin que chacun(e) puisse s'approprier ce sujet qui en effraie plus d'un(e). L'éducation financière permet de comprendre comment fonctionne l'argent, et l'on peut ainsi choisir, plutôt que subir, sa relation à l'argent. Je te rassure tout de suite : je ne viens pas du monde de la finance, je ne vais donc pas t'assommer avec un jargon incompréhensible de banquier ou d'assureur. Je suis commerciale dans la tech (on fait des trucs avec des ordinateurs 😉), et c'est mon intérêt personnel pour l'investissement qui m'a permis de cumuler pas mal de connaissances. Aujourd'hui, je souhaite partager le fruit de mes recherches et de mon expérience de non-initiée avec le plus grand nombre de la façon la plus accessible et la plus *fun* possible.

Ce carnet a été pensé pour t'accompagner vers une gestion plus sereine de tes finances, que tu sois actuellement dans le rouge ou que tu cherches simplement à optimiser la façon dont tu gères ton budget. Tout au long de l'année, mois après mois, tu pourras te familiariser, toi aussi, avec les bases de la finance personnelle et piloter au mieux ton budget.

Alors, prêt(e) à *upgrader* ta relation à l'argent ?

À bon entendeur...

Je n'ai pas été livrée avec un filtre, je suis plutôt du genre cash ! Alors mes conseils n'engagent que moi : tu n'es pas obligé(e) d'être d'accord avec moi, deux points de vue différents peuvent cohabiter, chacun(e) choisissant le côté qui sert au mieux ses intérêts... à long terme ! Certaines habitudes, modes d'organisation et façons de voir peuvent donner des effets « positifs » à court terme mais s'avérer délétères sur le long terme. Avec l'argent, les effets long terme surpasseront toujours les effets court terme. C'est comme dans le bâtiment : si tu mets un coup de peinture vite fait au lieu de réparer la fuite, quelle que soit l'épaisseur de la couche de peinture, l'eau finira toujours par pourrir le mur. Et pas de coup de peinture dans les finances personnelles !

Où en es-tu côté budget ?

Toi aussi, tu as la flemme ?

La gestion de budget peut paraître fastidieuse sur certains points, surtout si tu as déjà essayé des méthodes qui demandaient un suivi permanent. C'est un peu comme ces challenges « 90 jours abdos » qu'on se lance parfois entre amis sur WhatsApp : la première semaine, c'est toi qui motives tout le monde, puis tu finis par mettre le groupe sur « silencieux »... Si tu ne le sais pas encore, je suis une très grande fainéante, j'aime économiser mon énergie. Donc, si tu veux en faire le moins possible avec un maximum de résultats, tu es au bon endroit !

Avec la Méthode Bento, tu vas vite arrêter de faire certaines choses, comme faire tes comptes au quotidien, pointer tes tickets de caisse, noter tes moindres dépenses dans un carnet comme celui-ci (mais en beaucoup moins cool), remplir des enveloppes et les vider, etc. (Tu auras donc compris que je ne suis pas fan de cette technique et je te donnerai mes raisons un peu plus loin.) Pourquoi ? Parce que, pour moi, toutes ces micro-actions ne servent à rien :

1) parce que je suis toujours un peu dans l'exagération,

2) parce que l'idée, c'est d'être dans l'efficacité en passant du temps à réaliser des actions à impact. Exemples : mettre à jour ton CV, chercher une formation, faire plusieurs demandes de devis qui te feront économiser 10 ou 15 % sur une grosse dépense.

Clairement, je ne vais pas te donner un million de mini-astuces pour économiser 1 euro à gauche et 2 euros à droite. La plupart des gens raffolent de ce genre de trucs car ce sont de *quick fixes* : des solutions vite fait (mal fait ?). Personnellement, je vois ça comme du rafistolage, une rustine sur un pneu crevé. Une réduction de quelques euros ici, un petit truc gratuit là... oui, ça fait toujours plaisir de faire une économie, les petits ruisseaux font les grandes rivières, mais... à quand la rivière ?

Si tu as un problème de gestion ou que tu cherches à optimiser tes finances, cumuler les économies de bouts de chandelle ne te rend pas service. C'est juste un moyen (conscient ou inconscient) de repousser le moment de te poser les vraies questions, les questions de fond : « Suis-je rémunéré(e) à ma juste valeur ? Faut-il que je change d'emploi, de domaine d'activité ? Que je réduise mon train de vie ? » Des questions difficiles, car oui, bien souvent, on connaît déjà les réponses et on n'a pas envie de bousculer sa vie, c'est humain. Je suis la première à me complaire dans mon « confort inconfortable » sur certains sujets... mais joker, là, on parle finance !

Passe en mode 360 !

Fais un grand pas en arrière et regarde ton organisation. As-tu une idée des grandes « masses » ? Sais-tu identifier les postes clés, les leviers que tu peux activer pour changer ta donne financière et pas seulement faire du rafistolage ? Cinquante astuces trouvées ici et là sur Internet vont-elles vraiment remettre ton budget sur les rails ? Ou dois-tu reprendre à la base tous tes schémas de dépense (et de pensée) ?

C'est toujours plus facile de se pencher sur les dépenses du quotidien parce que c'est tangible, donc rassurant. On sait de quoi l'on parle, et il n'y a pas vraiment d'inconnue à gérer, mais ce que je t'encourage à faire est de décoller ton visage de tes petites dépenses du quotidien (d'où mon manque d'entrain par rapport aux enveloppes d'argent liquide) afin d'avoir une vision élargie de ton budget. Ce carnet est pensé autour de cet objectif ! Le but ? Passer des pas de fourmi au vol d'abeille grâce à une organisation qui va t'obliger à considérer tes finances en mode 360 degrés, avec **un indicateur clé : ton niveau d'épargne**.

Je n'ai absolument aucun avis sur la façon dont tu dépenses ton argent, du moment que ton épargne est pimpante et sur une courbe ascendante ! Si tu as envie de bruncher tous les dimanches et manger des corn-flakes tout le reste de la semaine, ça me va. Si tu as envie d'acheter trois kilos de make-up parce que je ne sais qui a sorti une nouvelle collection de fond de teint, *all good* (tout bon) ! C'est comme avec mon fils : du moment que ses notes sont (très) bonnes à l'école, il ne m'aura pas sur le dos. Il faut choisir ses combats. Le mien, c'est que tu passes au *next level*, que tu sortes la tête du guidon ou du sable si tu fais l'autruche. Que ton épargne soit au top et que tu arrêtes de croire que c'est la panacée d'avoir un livret A au plafond.

Dans un premier temps, j'aimerais que tu aies de l'argent pour sécuriser ta situation financière, mais aussi que tu mettes ton argent au service de tes projets. Tu n'as peut-être pas envie de te lancer dans l'investissement financier, immobilier ou autre, mais tu as forcément des plans qui te tiennent à cœur. Des choses qui sont importantes à tes yeux et que tu pourrais réaliser avec des fonds : voyager, créer ton entreprise, faire une formation ou soutenir une ou plusieurs associations. C'est sur la façon dont tu vas financer tes projets que je veux que tu te concentres et que tu mettes ton énergie chaque mois (pas sur tes tickets de caisse du supermarché).

Ton argent, ton budget, tes priorités

Chaque personne a des envies et des objectifs qui lui sont propres. Financer une reconversion professionnelle, acquérir sa résidence principale ou simplement s'acheter une nouvelle machine à gâteaux pour faire les meilleurs *layer cakes* du quartier ; peu importe, il n'y a pas de « bon » ou de « mauvais » objectif : c'est le tien, et c'est amplement suffisant comme justification.

Dans ce même esprit de « responsabilisation » ou plutôt d'autonomie que j'aimerais te faire gagner, ne compte pas sur moi pour te donner des ratios particuliers à respecter, du genre : « Il faut que tu alloues XX % pour tes charges fixes, XX % pour tes sorties et XX % pour ton épargne. » Quand tu vis avec un SMIC dans une grande métropole et que ton crédit ou ton loyer représente déjà plus de 30 ou 40 % de tes revenus, tu ne peux pas avoir les mêmes ratios que le couple de cadres qui a obtenu son crédit il y a sept ou huit ans et dont les revenus ont, depuis, augmenté de 30 %. Donc, non, aucun cadre rigide dans ce carnet ! Ta vie, tes règles, avec une seule consigne : optimiser ton épargne. La vie est imprévisible : un modèle qui fonctionne à 25 ans ne sera plus adapté à 35 ; une certaine organisation alors qu'on est inactif ne sera plus pertinente quand on retrouvera un emploi. Reste flexible, ne te flagelle pas parce que tu ne rentres pas dans une case qui n'a pas été fabriquée pour toi ou qui t'allait un temps mais ne te va plus… comme mes jeans taille 38. *Miss you guys* (« Vous me manquez, les gars ») 😉.

Si les méthodes de gestion de budget se concentrent autant sur les dépenses, c'est parce que c'est le plus facile à bouger à court terme. Faire évoluer ses revenus peut prendre du temps et il faut en avoir l'envie, parfois au prix de certains sacrifices qu'on est prêt(e) ou pas à faire. C'est un choix totalement personnel. Ce qui est sûr, c'est que, **tant que l'on n'est pas dans une dynamique d'augmentation de ses revenus, la clé sera dans la gestion des priorités**.

Pour t'aider à définir tes priorités, regardons de plus près la pyramide de Maslow (tu sais, ce fameux psychologue américain) et faisons un rapprochement avec notre sujet : l'argent !

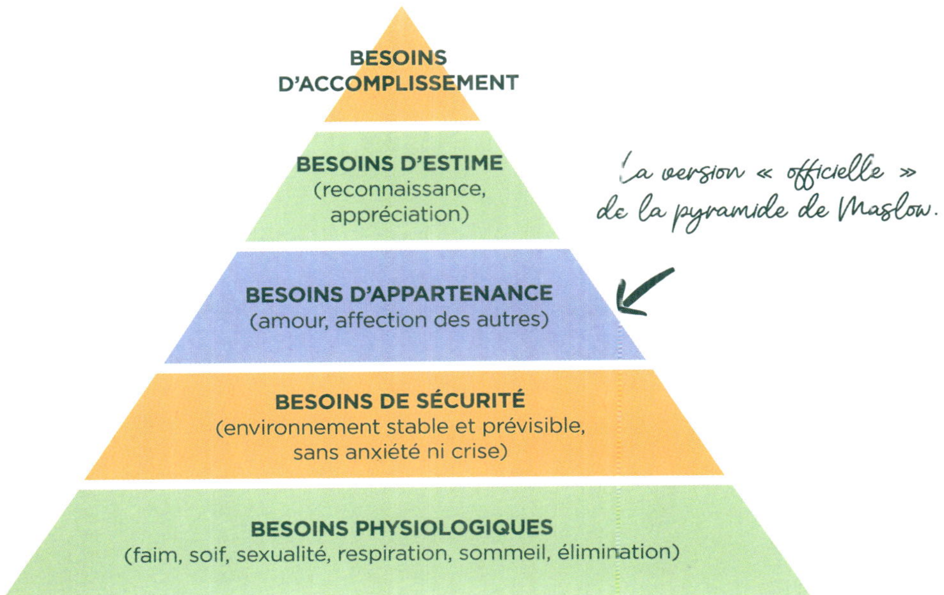

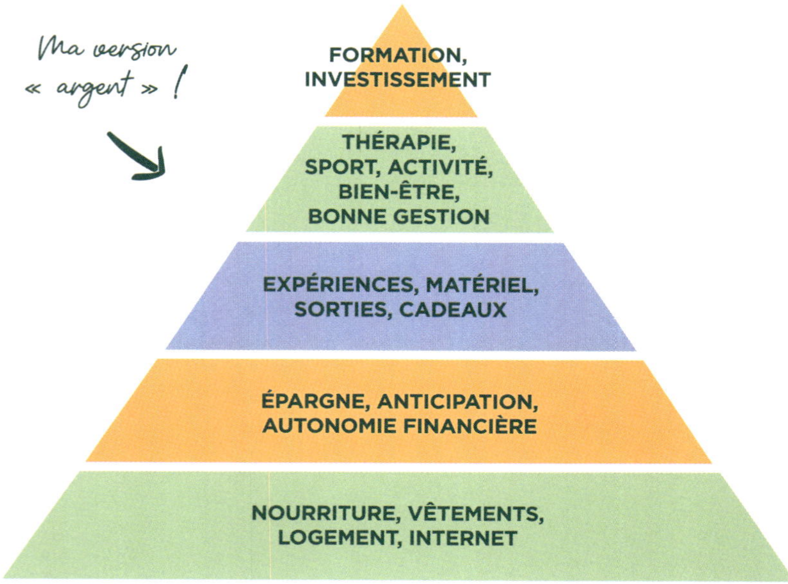

1er niveau : les besoins physiologiques

À la base de la pyramide, on a d'abord les besoins physiologiques – ultrabasiques –, je n'ai pas besoin de faire un dessin. Au niveau de l'argent, c'est avoir la capacité d'acheter de quoi se nourrir, se loger décemment et se vêtir. C'est aussi avoir accès à Internet, qui n'est plus une option aujourd'hui !

2e niveau : le besoin de sécurité

Là, ça devient un peu plus intéressant, car c'est à ce niveau qu'on commence à parler d'épargne. L'épargne est ce qui va t'assurer sécurité et stabilité. On le sait, il y a toujours des aléas financiers, des imprévus. Ce que l'on ne sait pas, c'est quand cet imprévu va débarquer. Il est donc tout simplement obligatoire d'avoir de l'épargne pour assurer sa sécurité et sa sérénité financières. Même si tu te mets des œillères ou des lunettes pour voir la vie en rose, celle-ci se chargera de t'ouvrir les yeux bien comme il faut. Comme le dit mon collègue René : « Dans la vie, il y a deux façons d'apprendre : de l'expérience des autres ou dans la douleur. » Donc à toi de voir comment tu souhaites accueillir cette leçon dans ta vie...

Sur ce niveau de besoin de sécurité, j'ajouterais un point important : l'autonomie financière. Avoir de l'épargne, c'est se laisser une porte de sortie face à des comportements abusifs, que ce soit face à un(e) conjoint(e) violent(e) ou un employeur toxique. Travaille ce fonds d'urgence qui te donnera la possibilité de dire « stop ».

Techniquement, si tu n'as pas d'épargne, tu n'es pas censé(e) dépenser dans les strates suivantes (je dis ça, je dis rien).

3e niveau : le besoin d'appartenance

Ici, on parle d'appartenance à un groupe de personnes ; donc, quand on en vient à l'argent, il s'agira des dépenses liées à la vie sociale : aller au restaurant, faire des activités en famille ou entre amis, offrir des cadeaux à ceux qu'on aime mais aussi en recevoir !

J'ai envie d'émettre une petite alerte par rapport à ce besoin d'appartenance parce qu'on commence à évoquer des sujets autour desquels on peut avoir une idée biaisée de l'importance de l'argent. On pourrait penser que, plus on monte dans la pyramide, plus il est nécessaire d'avoir beaucoup d'argent. À mon sens, c'est tout le contraire : plus on monte dans la pyramide, plus on doit être capable de décorréler son besoin de l'aspect pécuniaire. Mon attachement aux autres ou l'attachement des autres envers moi n'est pas lié au montant que je dépense. Je vais prendre deux exemples qui te parleront peut-être : une maman solo qui achète une tonne de jouets à ses enfants pour compenser la séparation, ou des parents qui vont s'endetter pour acheter des cadeaux de Noël à leurs enfants. Au lieu de booster son bonheur en faisant ce type de dépenses, on obtient le résultat inverse à celui recherché car l'effet boomerang est violent : finances déséquilibrées > défaut de paiement sur des dépenses essentielles > mise en danger de la sécurité financière de la famille > sentiment de culpabilité. En bref, la *loose*.

4e niveau : le besoin d'estime

C'est là où l'on peut complètement se louper. Avoir une montre ou une voiture de luxe ne t'aidera pas dans ton besoin d'estime. Une façon de mettre ton argent à ton service sera de t'offrir ce qui a trait au développement personnel, comme faire une thérapie, s'offrir des services qui contribuent au bien-être (massage, sport, yoga, lecture, toutes les choses qui font du bien à l'ego de façon saine). D'ailleurs, une bonne gestion du budget peut aussi contribuer à ton besoin d'estime ! Gérer comme un(e) boss les revenus de ton foyer te rappelle que tu es capable, responsable et fiable.

Je pense que le besoin d'estime devrait venir avant le besoin d'appartenance, parce que ça permet de mieux vivre au sein du groupe, MAIS BON ! Je ne suis pas psychologue, alors j'imagine que je n'ai pas mon mot à dire. Mais financièrement parlant, je suis formelle : priorise-toi !

5e niveau : le besoin d'accomplissement

C'est le top niveau, on a atteint une forme de sérénité dans sa vie ! Tu peux mettre ton argent au service de ton besoin d'accomplissement en finançant ton *upgrade* (passage au niveau supérieur) : formation, reconversion professionnelle, lancer ton entreprise, etc. Niveau gestion de budget, ce serait selon moi de sauter le pas de l'investissement, en osant sortir de sa zone de confort. Bon, pas comme un cow-boy, mais en accord avec ses connaissances, son appétence au risque, son horizon de placement (durée) et, bien sûr, ses valeurs !

Maintenant qu'on a fait ce graaaaand tour d'horizon (j'espère que tu as bien voyagé), on va passer à la présentation de ma méthode : la Méthode Bento !

Grâce à la pyramide de Maslow, on a vu que l'on avait différents types de besoins. Quels sont les besoins que tu vas mieux satisfaire en prenant soin de ton argent ?

En prenant soin de mon argent je vais :

La Méthode Bento *en 3 étapes*

Étape 1

Tu as/n'as pas lu mon livre *Mon budget sur pilote automatique* ?

- Si tu n'as pas lu mon livre *Mon budget sur pilote automatique*, pas de panique, tu pourras suivre sans problème. Et si tu souhaites aller plus loin dans la compréhension de la Méthode, tu peux te le procurer sur mon site monbudgetbento.com ou à la Fnac.
- Si tu as déjà le livre entre les mains, *idem*, ne t'en fais pas, je ne vais reprendre que les grandes lignes de la Méthode, donc vois plutôt ça comme un rappel.
- Si tu commences en même temps ce carnet et la lecture de mon livre, lis d'abord le livre, cela te facilitera la tâche.

La Méthode Bento repose sur trois grands principes :

- la mensualisation des dépenses,
- la compartimentation de ses finances,
- et l'automatisation.

Mensualise ton budget

Pour atteindre la zénitude budgétaire, il est nécessaire de réduire les vagues financières. Pour cela, l'objectif est d'abord de lisser au maximum ses dépenses sur l'année. Pour t'assurer d'avoir une bonne vision de toutes tes charges, aide-toi de tes relevés de compte, en version imprimée (il ne s'agit pas de laisser passer un prélèvement parce que tu es trop têtu(e) pour imprimer tes relevés de compte). Comme je l'ai déjà dit, on s'économise et on évite de faire les choses plusieurs fois pour rien.

Il y a les dépenses qui sont d'office à payer chaque mois, comme un crédit ou un abonnement quelconque. À ce niveau, rien de sorcier. Mais mensualiser son budget va bien plus loin que ça ! Cet exercice va te permettre d'intégrer dans tes charges « fixes » des dépenses que tu n'aurais pas forcément prises en compte dans ton budget, de façon explicite, sauf au moment de préparer le mois où elles interviennent. L'anticipation est la meilleure alliée de ton budget ! Intégrer un maximum de dépenses prévisibles a également des avantages au niveau mental, surtout si ton épargne est encore timide. En anticipant bien en amont tes sorties, ton épargne ne sera plus mélangée avec tes provisions (voir p. 26 du carnet). Ainsi, tu n'auras plus l'impression de revenir en arrière lorsque tu devras payer les dépenses que tu auras anticipées.

L'outil de prédilection pour la mensualisation : la louche. Ne fais pas cette tête bizarre ! Oui, on va faire ça à l'arrache. Rappelle-toi ce que je te disais en introduction : finis, les comptes d'apothicaire. On ne va pas partir dans des calculs savants en faisant des estimations au centime près, ça ne sert à rien, à part faire monter ton taux de cortisol.

NIVEAU DÉBUTANT *

Mensualise tes charges fixes

Il s'agit des charges fixes pour lesquelles on nous donne le choix. Je pense par exemple aux cotisations d'assurances, à la taxe foncière ou aux charges de copropriété, que l'on peut payer sur un rythme annuel ou trimestriel mais aussi mensuel. Dans la mesure du possible, opte pour le paiement mensuel. Cela te simplifiera grandement la vie et facilitera l'automatisation de ton budget – le troisième pilier de la Méthode. Surligne ces dépenses si elles apparaissent dans tes relevés.

Étape 1

NIVEAU AVANCÉ **

Mensualise tes charges variables

Quelles sont ces dépenses ? On y mettra les courses, le carburant, les frais de garde pour les enfants (centre de loisirs, cantine, baby-sitting). Elles ont en commun d'être récurrentes, obligatoires et variables. Même si le montant change d'un mois à l'autre, on ne dévie point de son objectif : mensualiser ou, plus précisément, « moyenner », afin de lisser ce type de dépenses sur l'année. Pour cela, il faudra analyser sur plusieurs mois les dépenses engagées sur ces postes. Par exemple, si, au cours des trois derniers mois, tu as mis 150, 200 et 220 euros de carburant, alors avec 200 euros prévus dans ton budget chaque mois tu devrais être dans les clous. Dans la Méthode Bento, on va toujours prendre une moyenne haute, cela te permettra de ne pas stresser (et même de te constituer un petit matelas, en mettant beaucoup de marge).

NIVEAU CONFIRMÉ ***

Mensualise tes charges « virtuelles »

On s'attaque aux dépenses que l'on ne peut pas payer de façon mensuelle et pour lesquelles il faudra donc procéder à une mensualisation « virtuelle ». C'est déjà plus ou moins ce que tu as fait si tu paies de grosses charges annuelles en une seule fois. Chaque mois, tu mets un peu de côté en prévision du paiement annuel. Pour cette partie, tu devras faire l'inventaire complet de tes dépenses récurrentes annuelles telles que les vacances, les cadeaux d'anniversaire, l'inscription au sport des enfants, les achats de la rentrée, pour Noël et autres fêtes durant lesquelles il est d'usage d'offrir des cadeaux (Aïd, Nouvel An chinois, Diwali et d'autres).

Pour avoir une bonne visibilité sur ce type de dépenses, on va s'aider du calendrier **« Mon année sans imprévus »** (p. 58

du carnet) pour réaliser un inventaire le plus exhaustif possible. Toutes ces dépenses seront à « provisionner ». Je t'en dis plus dans la prochaine section.

Charges mensuelles	Charges « mensualisables »	Charges récurrentes variables (faire une moyenne)	Charges annuelles à provisionner (compte épargne)
Loyer Crédit à la consommation Électricité Internet Abonnements ...	Taxe foncière Assurance habitation Charges de copropriété ...	Courses Carburant Frais de garde ...	Vacances Anniversaires Noël Fournitures scolaires ...

N'hésite pas à reproduire ce tableau sur un brouillon pour ne rien oublier. Tu pourras noter les montants exacts en page 54.

Normalement, à ce stade, tu as listé toutes tes charges les plus importantes de l'année et c'est ce qui va te donner la possibilité d'automatiser un maximum. Cela te donne également une vue claire sur la somme qui doit être disponible sur ton compte chaque mois. Si certains postes te semblent exagérément hauts, à toi de prendre les mesures nécessaires pour réduire ces dépenses récurrentes pour obtenir quelque chose de plus équilibré.

Tu pourras répertorier l'ensemble de tes dépenses dans l'**« état des lieux simplifié »** (p. 52). Une fois que tu sais combien tu vas dépenser, voyons voir comment organiser tout ça.

Étape 2

Compartimente : un compte, un usage

Pour avoir une vision claire sur ton budget global, il est essentiel d'isoler certaines dépenses. Pour mettre en place la Méthode Bento, il faudra donc que tu aies **plusieurs comptes bancaires**. Ne t'inquiète pas, tout va bien se passer !

La clé de voûte du budget

Si je te dis « budget », quels sont les trois premiers mots qui te viennent en tête ?

- **Mot n° 1 :** ....
- **Mot n° 2 :** ....
- **Mot n° 3 :** ....

Je ne suis pas médium, mais je suis quasiment sûre que le mot « dépenses » est dans ton top 3, non ? Ma question : le mot « épargne » fait-il partie de ta liste ?

Quand on parle budget, on a, en effet, tendance à se focaliser sur les dépenses : les prélèvements, les factures, les tickets de caisse, la cantine, etc. Personnellement, le seul reçu qui m'intéresse et sur lequel j'aimerais que tu mettes toute ton attention, c'est ton épargne. C'est le seul et unique baromètre de la bonne tenue de ton budget. Un budget qui ne génère pas d'épargne est encore inachevé. Le montant de cette épargne mensuelle n'est pas tellement important, c'est plus le côté récurrent que l'on va rechercher. Même si c'est 20 euros, ça me va, il faut bien commencer quelque part.

Avant de commencer à penser aux dépenses, je t'invite donc à prendre le temps de définir un objectif d'épargne. Le compte le plus important est celui de l'épargne ! Pour moi, l'épargne est le seul indicateur valable de l'équilibre d'un budget. Il n'y a pas de sécurité financière sans épargne, il n'y a pas d'équilibre sans sécurité financière.

On me pose souvent cette question : Maeva, à partir de combien peut-on considérer avoir un bon niveau d'épargne ? Cette question en couvre en réalité deux : combien par mois et combien dans les poches ? Bien entendu, il n'y a pas de réponse toute faite, puisque cela dépend forcément du niveau de vie de chacun. Une personne qui a un crédit de 3 000 euros n'a pas besoin de la même épargne que celle qui a un loyer de 700 euros, tout comme un célibataire sans personne à charge n'a pas besoin du même niveau d'épargne qu'un couple qui a quatre bouches à nourrir. Cependant, je peux te donner un seuil que je trouve correct, même s'il n'est pas idéal. Je dirais que, en dessous de 10 % des revenus mensuels, l'épargne est faible. C'est moins grave si l'on a déjà constitué un matelas de trois ou quatre mois de salaire, mais ça reste faible. Pas de panique si tu n'arrives pas encore à épargner, on est là pour ça. Si tu épargnes tout juste 10 %, tu vas peut-être trouver une façon de baisser tes charges actuelles ou, encore mieux, d'augmenter tes revenus (le « serrage de ceinture » a ses limites).

Quel montant souhaites-tu épargner chaque mois et quel pourcentage de tes revenus ce montant représente-t-il ?

Je souhaite épargner .... euros par mois,

soit .... % de mes revenus.

Dans le cadre de la mensualisation de tes charges **annuelles**, tu pourras utiliser un compte épargne qui te permettra de provisionner ces dépenses. N'essaie pas de faire « fructifier » l'argent de tes projets prévus à court terme. Rendement = prise de risque = mise en danger du projet.

Étape 2

Dans ma Méthode, j'indique **deux catégories d'épargne** :

- l'épargne disponible, c'est-à-dire l'argent accessible immédiatement (par exemple, les livrets),
- l'épargne bloquée, disponible avec un délai (par exemple, l'assurance vie),

mais en fait nous allons mettre en place une organisation plus précise que cela.

ÉPARGNE DISPONIBLE | **ÉPARGNE BLOQUÉE**

Les 3P : les trois types d'épargne

L'épargne étant un sujet de la plus haute importance, j'aimerais détailler avec toi les différents types d'épargne. On met souvent sous l'intitulé « épargne » tout l'argent mis de côté dans le mois ; cependant, il serait bon de faire une distinction entre trois catégories. Pour s'en souvenir, on va les appeler les « 3P » ! « P » pour :

- les **P**rovisions,
- l'épargne « **P**ure »,
- les **P**lacements.

Les provisions

Objectif : anticiper des dépenses déjà prévues à court et moyen terme, type frais de scolarité, billets d'avion, impôts, mariage, fêtes de Noël, etc.

Caractéristiques recherchées : sécurité, disponibilité.

Support à privilégier : LDDS (livret de développement durable et solidaire) et autres livrets ; même un compte courant peut faire l'affaire. N'essaie pas de faire fructifier cet argent, l'échéance est trop courte.

Les provisions ne sont pas vraiment de l'épargne, car, même si l'argent est en banque, comptablement il est déjà dépensé. Ces montants mis de côté sont faits pour être dépensés, donc aucun remords à taper dedans. En revanche, il ne faudra pas mélanger cet argent avec l'épargne « pure ».

Il est important de bien maîtriser les provisions. Elles peuvent vite être source de déséquilibre budgétaire (découvert, crédit conso et compagnie), alors qu'elles sont tout ce qu'il y a de plus prévisible.

Note pour les personnes aux revenus variables (commerciaux, indépendant(e)s) : si tu as des revenus très variables, il est important d'inclure dans tes provisions un budget « tampon » pour couvrir les périodes durant lesquelles tes revenus sont moindres (par exemple : congés pour les indépendant(e)s ou périodes creuses pour les commerciaux). Ce budget tampon est à provisionner les mois de forte activité.

L'épargne « pure » : l'épargne de précaution

Objectif : pallier les imprévus et les urgences. C'est l'épargne dite « de précaution » car elle est là pour parer aux coups durs. Dans cette épargne, je distingue deux sous-catégories :

- l'épargne d'urgence,
- et l'épargne de « prévoyance ».

L'épargne d'urgence, c'est le montant qui doit être disponible immédiatement et sans aucune contrainte. Avoir 1 000 euros d'épargne d'urgence, c'est un bon début, un peu plus si tu as une grande famille ou un niveau de vie assez élevé.

Caractéristiques recherchées : disponibilité immédiate et sécurité.

Support à privilégier : LEP (livret d'épargne populaire), livret A, LDDS ou autre type de livret.

L'épargne de prévoyance, c'est le montant qui doit être disponible en cas de GROS coup dur mais sans notion d'urgence.

Caractéristiques recherchées : sécurité, disponibilité, mais pas trop « facile » pour éviter de piocher dedans.

Support à privilégier : PEL (plan épargne logement) ou fonds euros sur une assurance vie.

Dans les deux cas, on évitera un support dont la valeur peut varier car on ne choisit pas à quel moment survient une urgence. Si tu as placé ton argent en Bourse et que le marché n'est pas favorable, alors tu peux te retrouver en perte.

Comment définir le montant de son épargne de précaution ? Cela dépend de ton train de vie. Tu peux le calculer en mois de dépenses ou en salaire pour être plus large. Le type d'emploi occupé peut aussi jouer : un(e)indépendant(e) dont les revenus peuvent être impactés par des périodes d'inactivité (arrêt maladie, grossesse, etc.) devra prévoir un trésor de guerre plus important.

Les placements

Objectif : mettre ton argent au travail ! L'argent, comme les plantes, a la capacité de fructifier.

Caractéristiques recherchées : rendement, prise de risque adaptée à sa personnalité.

Supports à privilégier : unités de compte sur un contrat d'assurance vie (tout ce qui n'est pas du fonds euros est par défaut classé comme « unités de compte » dites aussi UC), PEA (plan épargne en actions), CTO (compte titres ordinaire), SCPI (société civile de placement immobilier) en direct et autres supports de placement plus exotiques comme le *crowdfunding* ou les cryptomonnaies.

Note : tu ne vas pas savoir sur quoi investir après avoir lu le paragraphe qui suit, il s'agit juste ici que tu comprennes bien la différence avec les autres types d'épargne. Pas la peine de te jeter sur des actions ou de la crypto – merci bien !

Maintenant, on passe aux choses sérieuses car les placements comportent toujours un certain niveau de risque. C'est à toi d'évaluer ton appétence au risque. Plutôt frileux(se) ou tête brûlée ? Souvent, il faut trouver un équilibre et ne pas mettre tous ses œufs dans le même panier avec un portefeuille 100 % sécurisé ou 100 % risqué, à toi de trouver le bon équilibre. Pour t'aider dans ta démarche, chaque support de placement vient avec un DICI (document d'information clé de l'investisseur(se)) : tu y trouveras une note de 1 à 7 donnée par l'Autorité des marchés financiers (AMF) — appelée « indicateur de risque » —, 1 étant le risque le plus faible (mais pas inexistant) et 7 le niveau de risque le plus élevé.

Les produits qui permettent d'aller chercher du rendement **présentent toujours un risque**. Attention : lorsque tu places ton argent sur ces supports, ton capital n'est pas garanti. C'est-à-dire que si jamais tu cherches à récupérer ton argent à un moment défavorable alors il y a un risque de perte. C'est pour cela qu'on dit souvent qu'on doit y mettre l'argent dont on n'a pas besoin. Ce n'est pas pour autant que tu vas tout perdre, la Bourse ce n'est pas le casino. Qu'as-tu retenu sur la notion d'épargne ?

Compte n°1 : pour les dépenses récurrentes

Maintenant qu'on a bien défini les différentes nuances qui se cachent derrière le mot « épargne », attaquons-nous aux types de dépenses auxquels tu alloues ton budget.

Les premières dépenses en ligne de mire sont les charges fixes. Elles représentent souvent une partie substantielle de notre budget mensuel. D'ailleurs, plus le salaire est bas, plus elles occupent une part importante des dépenses. En effet, il s'agit souvent de charges qui couvrent des besoins primaires : le logement, l'électricité, le chauffage, les assurances ou l'accès à Internet. Ce sont ces charges que nous devons régler en priorité et sans jamais louper le coche au risque de tomber dans une spirale infernale. C'est pourquoi nous allons sécuriser ces montants en les laissant sur un compte à part et s'assurer de ne jamais y piocher : le **compte « charges fixes »**.

L'argent qui sera disponible sur ce compte sera virtuellement déjà dépensé, donc pas touche ! Cet argent ne t'appartient déjà plus, oublie-le. Honnêtement, c'est un compte qu'on n'a même pas besoin de regarder. Juste à l'occasion, pour s'assurer que tous les prélèvements sont bien passés, mais c'est tout.

Je répartis les charges fixes en **quatre grandes catégories** (mais je t'avoue que ce n'est pas de la plus haute importance) :

- **la maison :** loyer, crédit immobilier et travaux, électricité, charges de copropriété, etc.
- **la mobilité :** crédit/*leasing* voiture, abonnements transports en commun, etc.
- **les abonnements :** divertissement, sport, bien-être, etc.
- **banque et assurances :** frais bancaires, assurances diverses, mutuelles santé, etc.

On pensera aux extras du type aide à domicile, dons récurrents, et tout ce que tu peux imaginer.

Dans les charges fixes, on voit donc qu'il y a des dépenses comme les abonnements à certaines chaînes TV, salle de sport et autres. Je n'ai rien contre ce type de charges tant qu'elles

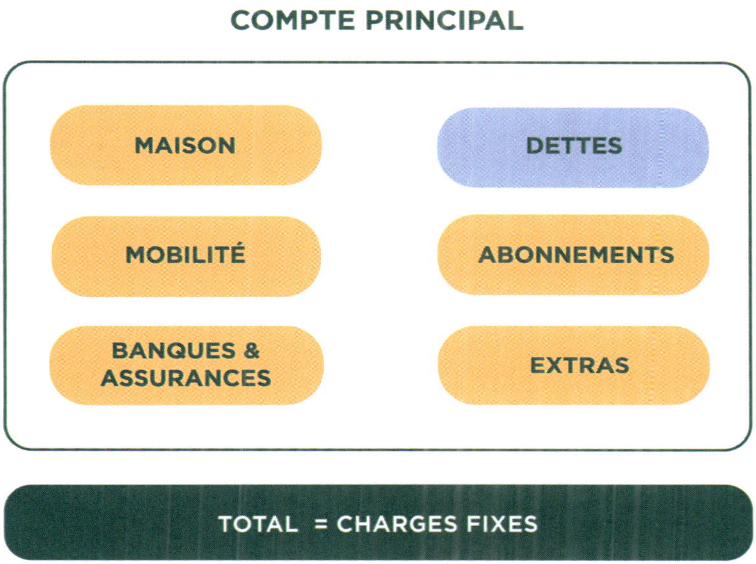

sont dans tes moyens. « Dans mes moyens » = « Je peux toujours dégager une épargne digne de ce nom tout en me payant ce type d'extra ». En revanche, si l'on n'arrive pas à mettre 1 euro de côté mais qu'on a un abonnement à Netflix, BeIN Sport, Canal Plus ET Disney + en même temps, il est temps de se poser les bonnes questions.

Comme tu peux le voir dans le schéma, il reste une **cinquième catégorie** qui est, elle, très importante : **les dettes.** Que comprend-elle ? Tout d'abord, les choses évidentes et visibles sur le relevé de compte : tous les crédits autres que crédit immobilier, travaux ou voiture (qu'on aura déjà mis dans les autres catégories). Moins évident : **le découvert et l'encours de ta carte de crédit à débit différé.** J'espère que ce n'est pas une nouvelle pour toi, mais ces deux sommes s'ajoutent à tes dettes. Pense à les intégrer dans ton budget afin de les rembourser de façon active chaque mois. Idéalement, c'est une catégorie qui sera amenée à disparaître. Pour clarifier cette partie « dettes », tu pourras te reporter à la page **« Mes dettes »** (p. 49 du carnet).

Les charges fixes ont pour point commun qu'elles sont **payées par virement ou par prélèvement.** Cela est important car on ne veut **aucun moyen de paiement sur ce compte** qui sera en fait un compte de dépôt. Pourquoi ? Parce qu'on ne veut pas faire un paiement « par inadvertance » en utilisant sa carte bancaire dans notre magasin préféré. Si certains paiements se font obligatoirement par carte bancaire ou en liquide, par exemple, tu pourras :

- **option 1 :** faire un virement vers ton compte courant avec carte bancaire,
- **option 2 :** conserver un moyen de paiement sur ce compte, mais si tu sais que tu manques de discipline, je te renvoie vers l'option 1.

Pour alimenter ce compte, tu y fais tomber directement ton salaire seulement si tu es célibataire ou marié(e) sous la communauté de biens. Si tu vis en couple — coloc' (concubinage 😉), PACS, régimes séparatistes —, tu fais un virement depuis ton compte personnel vers ce compte « charges fixes (communes) » du montant de ta contribution. En réalité, même sous la communauté de biens, tu peux opter pour la version « compte personnel » > « compte charges communes », c'est au choix, à toi de voir avec la personne, voir le schéma p. 38.

Compte n°2 : pour les dépenses courantes

Ensuite, tu auras besoin d'un compte avec **une carte bancaire** pour les dépenses courantes. Ce sera un compte **sans découvert !** Les néobanques constituent une bonne option car la plupart d'entre elles ne permettent pas d'avoir un découvert. La beauté de la chose : quand l'argent est épuisé, c'est fini. Si tu avais l'habitude de faire l'autruche, un petit « PAIEMENT REFUSÉ » un gros samedi de shopping va rapidement te donner l'habitude de vérifier l'état de ton compte avant de franchir le pas de ta boutique fétiche.

Sur ce compte, on va retrouver **deux catégories de dépenses :**

- **les charges récurrentes variables (« dépenses essentielles »)** : courses et carburant principalement,
- **l'argent de poche** : en gros, c'est le montant que tu as à disposition pour faire ce dont tu as envie, sans aucune culpabilité puisque toutes tes factures sont honorées et ton épargne mise de côté.

Je te donne le choix de rassembler ces deux catégories sur un seul et même compte ou d'avoir deux comptes distincts. Encore une fois, à toi de voir ton niveau de discipline.

DÉPENSES ESSENTIELLES	ARGENT DE POCHE

Pour savoir où tu en es de tes dépenses courantes, fais un récapitulatif de tes dépenses des trois derniers mois dans le tableau **« Dépenses variables »** en page 54.

Étape 2

Compte n°3 : pour le budget famille

Il s'agit d'un **compte optionnel.** On sait que les enfants et/ou le soutien aux proches peut représenter des sommes relativement importantes. Afin de garder ce budget sous contrôle, il peut être intéressant de gérer ces montants à part afin qu'ils ne soient pas noyés dans la masse des autres charges. Aussi utile en cas de parents séparés.

FAMILLE

Et voilà, nous avons fait le tour des grands postes qui composent le budget. Comme tu peux le voir, l'ensemble ressemble à un Bento (boîte japonaise destinée à organiser la nourriture), tu comprends maintenant d'où vient le nom de ma Méthode.

Normalement, **le total de chaque case est égal à la somme de tes revenus,** chaque euro a un rôle et une destination dans ton budget mensuel. En fin de mois, chaque compte finit plus ou moins à zéro, **sauf l'épargne** bien entendu !

Avec la Méthode Bento, on est vraiment en mode « économie d'énergie », mais il y a quand même un travail préparatoire assez important, notamment pour la partie « mensualisation » qui demande un vrai travail d'analyse de tes dépenses (j'explique cette partie « État des lieux » de façon très détaillée dans mon livre *Mon budget sur pilote automatique*). Lors de cette analyse, tu vas certainement identifier des postes sur lesquels tu pourras réaliser des économies.

REVENUS	FAMILLE	ÉPARGNE DISPONIBLE
MAISON	DETTES	ÉPARGNE BLOQUÉE
MOBILITÉ	ABONNEMENTS	DÉPENSES ESSENTIELLES
BANQUES & ASSURANCES	EXTRAS	ARGENT DE POCHE
TOTAL = CHARGES FIXES		

Compartimenter veut également dire isoler les différents types d'activités. Si tu as une activité professionnelle hors salariat classique, des investissements locatifs ou autres, crée de nouvelles « boîtes ». Plus ta situation est complexe, plus tu auras besoin de comptes différents. Bien entendu, dans ce cas, sélectionne une ou plusieurs banques qui te permettent d'ouvrir des comptes gratuitement ou à très faible coût afin de ne pas plomber ton budget avec des frais. Voir page 54 le tableau à remplir.

Étape 3

Passe en mode automatique… et réduis ta charge mentale

La phase de mensualisation des charges est essentielle pour gérer la mise en place de l'automatisation, car qui dit « automatisation » dit « pas d'ajustement ». Ainsi, plus ton budget est stable d'un mois à l'autre, plus ton organisation sera simplifiée.

Tu te demandes peut-être pourquoi j'accorde tant d'importance à cette partie. Eh bien, ce n'est pas seulement parce que je suis fainéante, c'est aussi pour ton bien. Il y a peu de temps, j'ai découvert ce qui s'appelle la « fatigue décisionnelle ». En réalité, « découvert » n'est pas vraiment le bon terme, car, dans la vie, je porte tellement de casquettes que c'est quelque chose que j'expérimente depuis des années sans jamais avoir mis de nom dessus. De ce que j'en ai compris, et en bref, notre capacité à prendre des décisions est semblable à une batterie d'iPhone et ce n'est pas une bonne nouvelle. Concrètement, au réveil, après une bonne nuit de recharge, tout va bien, puis, au fur et à mesure de la journée et des prises de décision à répétition (vêtements, coiffure, premier coup de fil, à quel mail répondre en premier, lesquels ignorer, etc.), la batterie se décharge assez rapidement avant de nous laisser en plan. Et voilà : au bout de la vingt-septième décision de la journée, je n'y arrive plus et je passe en mode procrastination, mon activité favorite !

Des personnalités telles que Barack Obama ou Steve Jobs sont connues pour s'habiller tous les jours de la même façon afin de libérer le cerveau de cette sollicitation quotidienne. Sans aller jusque-là, ma grand-mère me disait toujours de préparer mes vêtements la veille pour être tranquille le lendemain matin. Pas sûr qu'elle avait la fatigue décisionnelle en tête, mais le résultat est le même !

Donc, pour revenir à notre sujet, ma philosophie, c'est que le budget ne doit pas être une charge mentale et ne doit pas solliciter ton cerveau inutilement. Le monde a besoin de toi sur d'autres chantiers bien plus importants, que ce soit dans ta vie personnelle ou professionnelle.

Les outils qui permettent de gérer ton argent sans intervenir sont : **les prélèvements et les virements**. Pour les prélèvements, tu t'en es déjà chargé(e) dans la partie « mensualisation ». Tout ce qu'il te reste à faire, c'est mettre en place les virements suivants :

- **contribution aux charges communes :** si tu es solo, ton salaire arrive directement sur le compte principal « charges fixes », donc rien à faire. En couple, si les salaires n'arrivent pas sur le compte principal, il faudra mettre en place un virement de vos comptes personnels vers le compte « charges fixes »,
- **paiement des charges qui ont un montant constant** par prélèvements ou virements automatiques depuis le compte principal « charges fixes », par exemple : le loyer (avec révision annuelle en règle générale),
- **épargne mensuelle :** virements vers les livrets et comptes d'épargne. Si tu as opté pour des versements récurrents vers un support d'épargne comme l'assurance vie, le montant sera prélevé, tu n'auras rien à faire,
- **dépenses courantes :** virement de ton compte principal vers ton compte avec carte bancaire,
- **argent de poche :** virement de ton compte principal vers ton compte « argent de poche » (sans découvert) si c'est un compte à part. Pour les personnes en couple dont le salaire est déjà versé sur un compte personnel, ça correspondra à l'argent qui y restera après que tous les virements auront été faits.

Tous tes virements doivent être programmés (pas à la main !) et dans un laps de temps relativement court, c'est-à-dire deux à trois jours après la date de versement du salaire.

Les flux entre les comptes

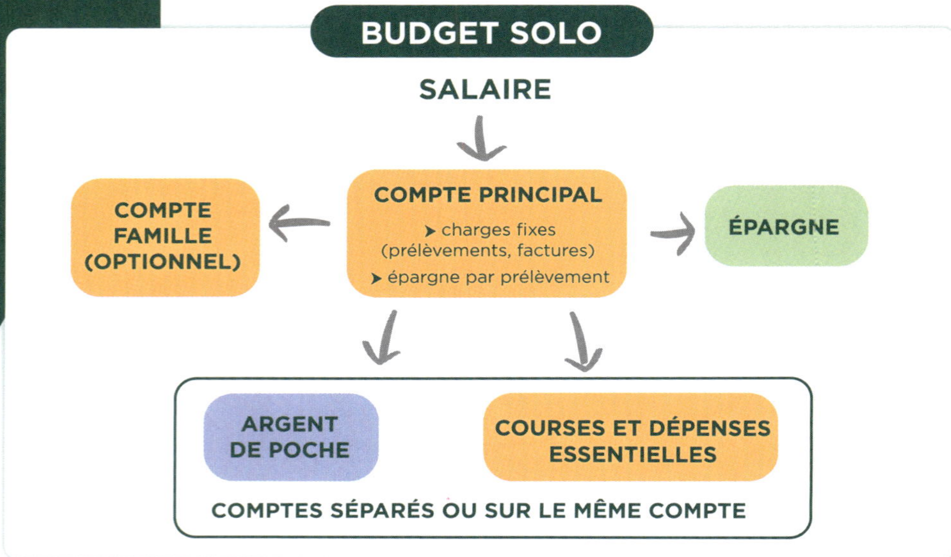

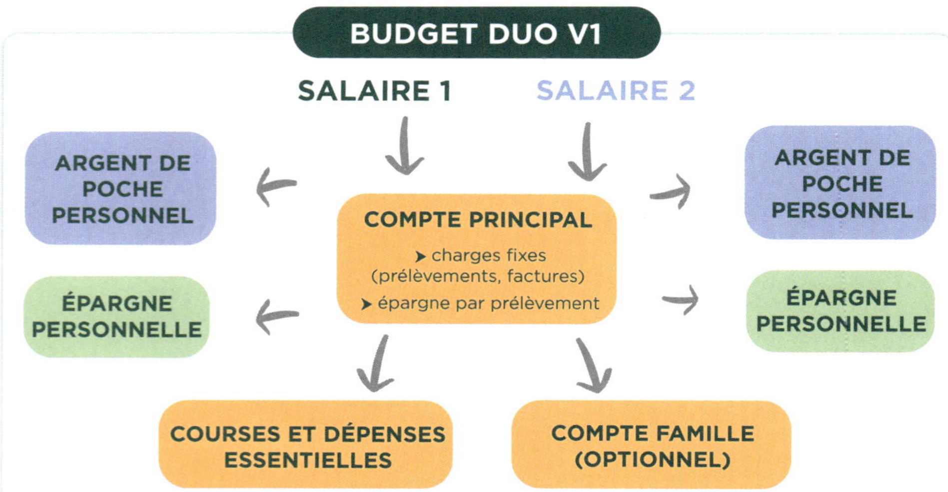

Option recommandée pour les couples mariés sous le régime de la communauté, car légalement les revenus du couple appartiennent à la communauté

BUDGET DUO V2

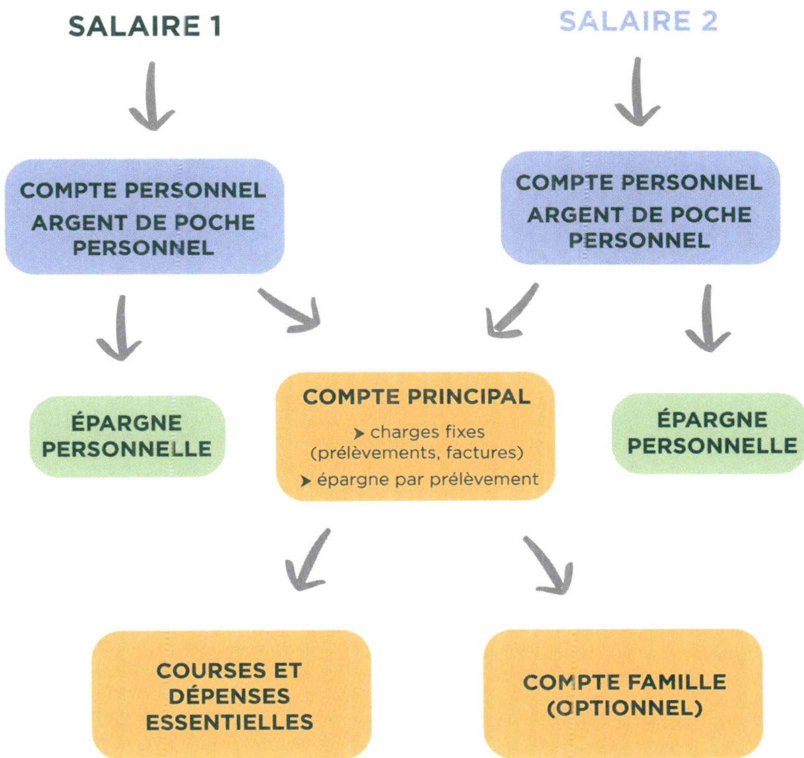

Option recommandée pour les couples non mariés sous le régime de la communauté, car légalement les revenus de chacun sont personnels

Bien entendu, tu ne pourras pas tout automatiser, mais, étant donné que tu as déjà fait le travail de mensualisation de 80 % de tes dépenses, même les paiements manuels (par virement ou CB) seront moins pesants car tu sais que tout est complètement sous contrôle.

Comment utiliser
ce carnet ?

Avant de commencer : pose ton budget à plat

Comme je l'expliquais plus haut, la mise en place de la Méthode Bento demande un travail de mise à plat complet de tes finances. Pour l'espace d'un moment, oublie toute ton organisation, ton mode de fonctionnement actuel et laisse-toi guider.

Mon bilan à date : patrimoine et dettes

Dans cette double page, tu vas faire l'inventaire de ton patrimoine personnel ainsi que de tes dettes pour obtenir une vue d'ensemble de ta situation financière.

État des lieux simplifié

Ces pages vont te permettre de faire la revue de tes dépenses et de tes ressources au cours des derniers mois. Fais le total exact des montants indiqués sur tes relevés : pas d'estimation, même si c'est long et fastidieux !

Mon année sans imprévus

Étape essentielle pour la bonne anticipation des dépenses à venir et éviter les mauvaises surprises ! Tu auras, plus loin, des indications détaillées sur cette section qui va te permettre de définir le montant à provisionner pour couvrir tes dépenses sur l'année complète et ne pas te retrouver au dépourvu.

Mes objectifs financiers

C'est un peu ton *vision board* financier (que tu peux d'ailleurs créer en version illustrée de ton côté). Tes projets court, moyen et long terme rassemblés au même endroit et écrits noir sur blanc comme une promesse. Tu n'oublieras pas, bien sûr, de te projeter au niveau rémunération. À chaque point trimestriel, reviens sur cette page pour t'assurer que tu avances bien dans la direction que tu t'es donnée.

Mes trackers épargne et dettes

Créer ta propre échelle en fonction de ta situation financière. Tu peux choisir le montant de départ et la valeur de chaque cran afin que ce tracker soit adapté à tes objectifs.

Pour le tracker d'épargne, tu peux choisir de n'indiquer que tes projets et placements car les provisions sont vouées à s'envoler.

Pour le tracker de dettes, tu peux mettre ta dette « immobilier » à une autre échelle pour que l'ensemble reste lisible.

Mon budget Bento et organisation de mes comptes

Lorsque tu auras fini ce grand tour d'horizon, tu peux finaliser ton Bento et détailler les flux financiers existant entre tes différents comptes et supports d'épargne selon la répartition que tu auras définie.

Ensuite : remplis ton carnet au fil des mois

Mes objectifs pour les trois prochains mois

Afin de ne pas perdre le fil de tes objectifs financiers (voir p. 66), tu auras l'occasion **chaque trimestre** de faire un point et une mise à jour pour rester dans le chemin que tu t'es tracé.

La thématique du mois

Chaque mois, j'aborderai une nouvelle thématique autour de l'argent. J'espère que ce sera inspirant et/ou instructif pour toi !

Mes intentions pour le mois

Quelles sont tes intentions pour le mois à venir ? Y a-t-il un point dans la thématique du mois qui te donne envie d'agir sur quelque chose en particulier ?

Ma liste d'envies et de dépriorisation

Nous vivons dans une société de consommation, les tentations sont nombreuses et pas plus loin qu'un clic sur « Valider votre panier ». Avec ta liste d'envies, stoppe ta fièvre acheteuse : inscris cet achat qui t'a l'air si irrésistible et donne-toi jusqu'au mois prochain pour décider de son caractère « indispensable » ou non. À la fin du mois, si tu as toujours l'envie ET le budget pour te l'offrir, alors *enjoy* ! Sinon, tu peux le reporter sur la liste du mois prochain ou le mettre dans la catégorie « dépriorisation ». Tu t'offriras l'iPhone 25 l'année prochaine 😉 !

Cette méthode a deux avantages, celui – évident – d'éviter les achats compulsifs et l'autre, plus plaisant, de se faire vraiment plaisir en n'oubliant pas d'acheter les choses qui nous sont vraiment utiles ou que l'on désire réellement.

Mon point épargne à date

L'étoile du Nord, notre point de repère pour savoir si on va dans la bonne direction : l'épargne. Petit tour d'horizon, on se félicite et à bientôt !

Mon calendrier

Alors, quoi de beau ce mois-ci ? Des anniversaires, des dépenses exceptionnelles, des vacances, la révision de la voiture ou un rendez-vous chez le dentiste, n'hésite pas à indiquer les dates clés à venir pour préparer les mouvements de trésorerie.

Mes imprévus et nouvelles dépenses à anticiper

Ici, on va s'attaquer au nerf de la guerre, les « imprévus ». Normalement, si tu as bien bossé sur la partie « Mon année sans imprévus », tu devrais avoir assez peu de choses à reporter dans cette section ; cependant, la vie étant ce qu'elle est, il y en aura forcément. Ton objectif : identifier ceux qui auraient éventuellement pu être anticipés pour ne plus te laisser surprendre. Autre action : inclure les nouveautés budgétaires. Ton cousin se marie l'année prochaine ? Il est temps de mettre ça au planning de ton « année sans imprévus ».

Bilan et analyse

Même si cette page « Bilan » arrive logiquement en fin de mois, n'oublie pas de remplir tes prévisions de dépenses en début de mois pour avoir un point de comparaison et voir si tu as géré comme un(e) boss ! Si c'est le grand n'importe quoi, ne t'inquiète pas, ça arrive à tout le monde et tu auras tout le temps de te remettre dans les clous.

Ç'est parti !

État des lieux de tes finances

Mon bilan à date

Avant de te lancer à corps perdu dans ton budget, il est important de faire une photo à date de ta situation financière. C'est une étape indispensable car c'est ce qui te permettra d'apprécier ta progression d'ici six mois, un an et plus ! Donc, même si aujourd'hui tu n'as pas (encore) de patrimoine, pas de souci, écris simplement la date et le montant « 0 ». On va travailler ensemble là-dessus !

Mon patrimoine

Dans ton patrimoine, tu vas indiquer tous tes avoirs immobiliers, financiers et « autres » (objets d'art, montres, sac de luxe, bouteilles de vin, etc.).

	Description	Montant	Sous-total
AVOIRS IMMOBILIERS	Résidence principale	230 000 €	230 000 €
AVOIRS FINANCIERS	Livret A PEL Assurance vie PEE (plan épargne entreprise)	5 000 € 15 000 € 10 000 € 5 000 €	35 000 €
AUTRES			0 €
		Total	**265 000 €**

Mes dettes

Note ici toutes tes dettes, pas seulement les dettes officielles de type crédit immobilier ou à la consommation, mais également celles que tu peux avoir envers tes proches. Inutile d'espérer bien gérer son argent si l'on abuse de la générosité de sa famille ou de ses amis...

N'oublie pas ton découvert ainsi que l'encours de ta carte à débit différé si tu en as une.

Description	Créancier*	Montant initial	Reste à rembourser	Mensualité	Date de fin de remboursement
Résidence principale	Banque X	230 000 €	135 000 €	1 080 €	04/2041
Voiture	Organisme X	15 000 €	3 000 €	300 €	05/2024
Découvert	Banque X		1 300 €	-	-
Total			**139 300 €**	**1 380 €**	

* **Un créancier** est la personne ou l'entreprise à qui tu dois de l'argent. Ça peut être un ami comme la banque.

Mon patrimoine net = Total patrimoine – Total dettes

Ex. : 265 000 - 139 300 = 125 700 €

Petit rappel : ce n'est pas grave si ton patrimoine net est négatif. Dans six mois, tu devras remplir la même page et tu pourras alors apprécier ton évolution financière !

BILAN
à date

Mon patrimoine

Liste les avoirs qui constituent ton patrimoine à date et fais le total.

	Description	Montant	Sous-total
AVOIRS IMMOBILIERS			.... € (A)
AVOIRS FINANCIERS			.... € (B)
AUTRES			.... € (C)
		Total A + B + C	.... €

Mes dettes

Liste toutes tes dettes à date et fais le total.

Si tu as des dettes envers des personnes de ton entourage, prévois une mensualité pour les rembourser petit à petit.

Description	Créancier	Montant initial	Reste à rembourser	Mensualité	Date de fin de remboursement
Total			.... €	.... €	

➜ **Que penses-tu de ce bilan ? Quelles sont les actions que tu souhaites mettre en place pour booster ton patrimoine ?**

....

....

....

....

....

....

État des lieux simplifié

Voici différents tableaux qui te permettront de répertorier tes différentes charges mensuelles, comme vu dans l'étape « Mensualisation », mensualise tout ce qui peut l'être et fais des moyennes hautes. Imprime tes 3 derniers relevés de compte pour faire cet exercice.

Mes charges fixes

MAISON	Montant mensuel
Loyer ou prêt immobilier Charges de copropriété Assurance emprunteur Électricité Gaz / Fuel / Bois / Eau Impôts locaux (taxe foncière) Assurance habitation Autres	
TOTAL (A)	.... €

BANQUE & ASSURANCES	DESCRIPTION	Montant mensuel
Frais bancaires	CB / Frais de gestion	
Santé	Mutuelle / Complémentaire santé	
Prévoyance	Accident de la vie / Obsèques / Dépendance	
Autres assurances	Animal de compagnie / Bateau / Instrument de musique	
TOTAL (B)		.... €

FAMILLE & SANTÉ	Montant mensuel	TRANSPORTS & VÉHICULES	Montant mensuel
École / Cantine / Centre de loisirs Frais de garde Carte de transports enfants uniquement Pension alimentaire Argent de poche / Loyer Activité périscolaire Assurance scolaire Aide aux parents / grands-parents Dépense médicale récurrente		Crédit / Loyer LOA / LDD / Voiture Assurance Parking / Box Autres coûts véhicules Abonnements transports publics Autres services	
TOTAL (C)	.... €	TOTAL (D)	.... €

ABONNEMENTS	DESCRIPTION	Montant mensuel
Divertissement Bien-être Shopping Nourriture Autres abonnements	TV / Apps / Jeux / Culture Sport / Beauté Habillement / Box... Panier / café...	
TOTAL (E)		.... €

DETTES	Montant mensuel	EXTRA	Montant mensuel
Crédit conso (hors véhicule) Prêt étudiant Crédit renouvelable Autres remboursements		Dons Aide à domicile Animal de compagnie Compléments Invest Immo Autre	
TOTAL (F)	.... €	TOTAL (G)	.... €

Mes charges fixes (A+B+C+D+E+F+G) .... €

Mon « reste à vivre »

Nous allons faire un récapitulatif des charges, des revenus, et calculer ton reste à vivre.

CHARGES FIXES	Total
Maison	.... €
Famille & Santé	.... €
Dettes	.... €
Transports & Véhicules	.... €
Abonnements	.... €
Banque & Assurances	.... €
Extras	.... €
	.... €

J'ai des revenus variables

Dans le cas des revenus variables, il faut définir une base mensuelle. Si ton revenu est 100 % variable, prends une base relativement basse sur laquelle tu peux compter pour éviter les mauvaises surprises. Ce n'est pas le moment d'être ultra-optimiste !

Si tu as une base fixe et un montant variable, oublie, dans la mesure du possible, le variable, surtout s'il est inférieur à 15 %. S'il est plus important et indispensable à ta vie quotidienne, définis un pourcentage de ton bonus qui te semble facilement atteignable, mais pas plus de 80 % (prudence, prudence).

REVENUS			
	Personne 1	Personne 2	Total
FIXES			
Salaire	€	€	€
Allocations	€	€	€
Autres	€	€	€
TOTAL (A) (revenus fixes)	€	€	€
% représenté de chaque revenu (GRAND TOTAL)	%	%	100 %
VARIABLES			
Primes	€	€	€
Autres	€	€	€
TOTAL (B) (revenus variables*)	€	€	€

*mensualisés

GRAND TOTAL (A) + (B)	€	€	€
% représenté de chaque revenu (GRAND TOTAL)	%	%	100 %
Répartition proportionnelle des charges en euros	€	€	€
RESTE À VIVRE (hors variable)	€	€	€

= revenu fixe (A) - charges fixes

RESTE À VIVRE (variable inclus)	€	€	€

= revenu total (A+B) - charges fixes

Mes dépenses variables

Dans ce tableau, tu vas **faire l'inventaire de tes dépenses** des trois derniers mois. Il y a deux catégories : les « dépenses essentielles » (alimentation et carburant) et tout le reste qu'on va classer comme étant du « shopping ». N'hésite pas à prendre une feuille afin de répertorier **l'intégralité** des dépenses qui apparaissent sur tes relevés de compte. Selon cette classification, recopie les montants réels, fais l'addition et inscris le montant ici.

Moyenne de mes dépenses variables = (Dépenses variables mois 1 + dépenses variables mois 2 + dépenses variables mois 3) / 3

	Dépense	Description	Mois 1	Mois 2	Mois 3
ESSENTIELLES	Courses	Alimentaire et entretien	.... €	.... €	.... €
	Déjeuner	Cantine, repas du midi	.... €	.... €	.... €
	Essence		.... €	.... €	.... €
		TOTAL	.... €	.... €	.... €
		Moyenne	.... €		
SHOPPING	Restaurants, sorties	Repas livré, bar, etc.	.... €	.... €	.... €
	Habillement, beauté	Vêtements, cosmétique, etc.	.... €	.... €	.... €
	Maison, loisirs	Déco, bricolage, etc.	.... €	.... €	.... €
	Enfants	Jouets, sorties, etc.	.... €	.... €	.... €
	Frais bancaires	Agios, tc.	.... €	.... €	.... €
	Vacances	Avion, hôtel, etc.	.... €	.... €	.... €
	Santé	Médecin, médicaments, etc.	.... €	.... €	.... €
	Cadeaux	Mariage, naissance, cagnotte, dons ponctuels	.... €	.... €	.... €
	Transports	Taxi, Uber, tickets de métro, location, etc.	.... €	.... €	.... €
	Retrait	Dépenses non identifiées	.... €	.... €	.... €
		TOTAL	.... €	.... €	.... €
		Moyenne	.... €		
			Moyenne Essentielles + Shopping		.... €

État des lieux : mon bilan

Mes charges fixes = ... euros

Quel pourcentage de ton revenu représentent tes charges fixes ? Quelles sont tes pistes d'optimisation ? Souhaites-tu réduire, voire supprimer certaines charges ?

Mes dépenses essentielles = ... euros

Pour savoir quel montant tu as vraiment à disposition chaque mois, soustrais de ton « reste à vivre » tes dépenses essentielles : on va l'appeler ta « réserve ».

Ma réserve = Total revenus – Total charges fixes – Total dépenses essentielles

Revenus	.... €
Charges fixes	- .... €
Dépenses essentielles	- .... €
Réserve	= .... €

Avec cette réserve, tu dois à la fois épargner et vivre ta vie ! Il faudra donc répartir ce montant entre ton épargne et ton argent de poche.

Si, aujourd'hui, le montant de ta réserve est trop faible pour épargner, il est possible que tu aies des charges fixes trop lourdes, peut-être des crédits qui t'asphyxient, trop d'abonnements, un budget courses un peu hors de contrôle. Il faut partir en expédition et dénicher les dépenses que tu vas devoir déprioriser.

Mon année sans imprévus

Mes provisions annuelles

Chaque année, on cumule des imprévus qui n'en sont pas. Ne donne pas au hasard plus de pouvoir qu'il n'en a ! Cet exercice te permet d'anticiper toutes les dépenses qui peuvent dépasser de ton budget mensuel afin de les provisionner et ne pas te retrouver au dépourvu. Plus ta capacité d'épargne mensuelle est faible, plus cet exercice est indispensable. À la fin de l'exercice, fais le total de tes provisions afin d'estimer ta capacité réelle d'épargne. Si, au final, l'intégralité de ton épargne est consommée par tes dépenses non mensuelles, alors tu auras compris qu'aucune épargne pure n'a été constituée... et on tient donc un début de problème.

En anticipant tes dépenses de l'année, tu pourras être beaucoup plus serein(e) au fil des mois (pas de surprise) et réserver ton stress pour les vrais imprévus.

Dans le tableau ci-après, indique pour les douze mois à venir toutes les dépenses que tu ne peux pas intégrer directement dans ton budget mensuel, telles que :

- **les dépenses récurrentes annuelles :** par exemple, abonnement à des activités sportives, certaines assurances, rentrée, vacances, anniversaires, fêtes de fin d'année,
- **les dépenses exceptionnelles :** festivités (enterrement de vie de jeune fille / jeune garçon, mariage, baptême, autres célébrations où une participation des invité(e)s est demandée), régularisation des impôts, remplacement d'un appareil en fin de vie (ordinateur, téléphone, réfrigérateur)...

Pour les vacances, n'oublie pas que certaines dépenses se font en amont (par exemple : transport - train, avion - ou réservation de l'hébergement). Elles sont donc à placer dans le mois de la dépense et non dans celui du départ !

Pour chaque dépense, indique si elle est **« obligatoire »** (par exemple : assurance) ou **« plaisir »**. Cela te permettra d'identifier facilement les postes de dépenses à revoir à la baisse (par exemple : budget cadeaux). Tu peux mettre « 0 » devant les dépenses « obligatoires » ou les souligner. N'hésite pas à réaliser d'abord l'exercice sur une feuille de brouillon ou avec un crayon qui s'efface parce que tu n'es pas à l'abri que tes provisions dépassent ta capacité d'épargne annuelle.

Ce que tu ne mettras pas dans ce tableau :

- **tes dépenses mensuelles,**
- **les projets moyen/long terme** = somme qui nécessite plus d'un an d'épargne (on les répertoriera dans « Mes projets et placements », p. 69).

Voici un exemple sur les quatre derniers mois de l'année :

Septembre	Octobre	Novembre	Décembre
(0) Fournitures scolaires : 80 € (0) Inscription rugby : 200 €			Cadeaux de Noël : 350 €
280 €	**0 €**	**0 €**	**350 €**

(0) Dépenses obligatoires :

- fournitures scolaires
- Inscriptions sports

Commence ton année par le mois prochain.

....	....	....
.... €	.... €	.... €

....	....	....
.... €	.... €	.... €

....	....	....
.... €	.... €	.... €

....	....	....
.... €	.... €	.... €

Total annuel provisions	.... **€**

Une fois ton année complétée, fais le total de tes provisions sur les douze mois à venir et divise ce total par douze pour te donner un budget mensuel à y allouer.

Si le total est trop important par rapport à ta capacité mensuelle, cela signifie que tu devras faire du tri parmi tes dépenses « plaisir »...

À toi de jouer :

	Description	Montant
TOTAL ANNUEL PROVISIONS (p. 61) Regroupe par catégories pour simplifier	Ex. : rentrée	Ex. : 280 €
	TOTAL	€

Dont obligatoire : .... €

Dont plaisir : .... €

Épargne déjà constituée pour ces dépenses		
	TOTAL	€
RESTE À PROVISIONNER	**TOTAL ANNUEL**	€ /12
	ESTIMATION MENSUELLE	= € / mois

Reste à provisionner = TOTAL ANNUEL PROVISIONS - épargne déjà constituée

Ma capacité d'épargne à date

.... € (épargne mensuelle)x12

= .... € + ... € (prime(s)) =

Capacité d'épargne annuelle	.... €

Ma capacité d'épargne annuelle est :

☐ inférieure

☐ supérieure

à mon reste à provisionner.

Si ta réponse est :

inférieure : tu as un travail de tri à réaliser dans tes provisions parce que « les calculs ne sont pas bons, Kevin ! » On sait d'avance que l'année ne va pas se finir dans le vert...

supérieure : c'est top ! Maintenant, supérieure de combien ? Si tu es très juste, moins de 500 euros de marge par exemple, ça veut dire que tu ne vas pas vraiment épargner cette année car il y aura forcément des imprévus. Donc la question est : est-ce qu'il s'agit d'une année « normale » pour toi ? Ça peut être par exemple une année exceptionnelle à cause d'un déménagement ou autre. Ou bien la situation est-elle attendue et tu as donc un travail à faire sur tes dépenses optionnelles ? Je te laisse faire ton analyse 😉.

Les douze mois d'après en vrac

Si ton tableau précédent finissait en août 2024, alors celui-ci commence en septembre 2025. Eh oui, il faut se projeter dans l'avenir pour y voir plus clair !

Mois	....	....	....
....	....	....	....
....	....	....	....

Répartition de ma réserve

Maintenant que tu as pu faire un tour d'horizon complet de ta situation actuelle, il est important que tu organises ou réorganises ton épargne :

Ma réserve = ... euros

Provisions (p. 62)	.... €	.... %
Épargne	.... €	.... %
Argent de poche	.... €	.... %
Total (doit être égal au montant de la réserve)	.... €	100 %

Ma réserve

Colorie en fonction de ta répartition (chaque part correspond à 10 %).

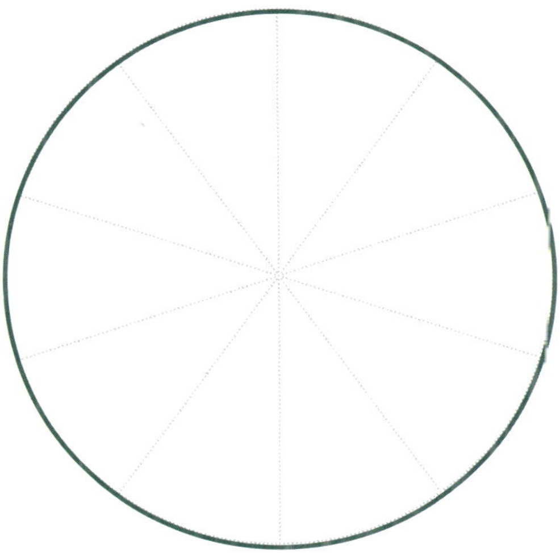

Mes objectifs financiers

Je ne sais pas pour toi, mais personnellement je ne retire aucun plaisir à contempler mon argent. Je préfère qu'il serve quelque chose ou à quelque chose. C'est pourquoi, dans cette partie, je t'invite à lister les projets qui te tiennent à cœur, les montants associés et ton échéance, c'est-à-dire la date cible pour avoir le montant à disposition. Avant de remplir ce tableau, relis si besoin la section « Les 3P : les trois types d'épargne », p. 26. L'épargne de précaution et les provisions ne doivent pas être sur le même compte/livret.

Tu n'es pas obligé(e) d'attendre d'avoir atteint 100 % de ton objectif d'épargne de précaution pour commencer à financer tes projets. Cela peut se faire de façon progressive comme tu peux le voir dans le tableau ci-après. Par exemple, sur trois ans, avec 200 euros d'épargne mensuelle (soit 600 euros par trimestre) et déjà 2 400 euros d'épargne de précaution sur un livret A : lorsque j'atteins un palier cible (disons 3 000 euros d'épargne de précaution à la fin du deuxième trimestre de la première année), je change la répartition de mon épargne.

	ANNÉE 1				ANNÉE 2				ANNÉE 3			
	T1*	T2	T3	T4	T1	T2	T3	T4	T1	T2	T3	T4
Provisions	300	300	300	300	300	300	300	300	300	300	300	300
Épargne de précaution : 2 400 € +	300	300	200 ↘	200	200	200	200	100 ↘	100	100	100	100
Projets ou placements			100	100	100	100	100	200 ↗	200	200	200	200

* T1 = premier trimestre, T2 = deuxième trimestre, etc.

Rappel « provisions »

Sur la base du calendrier « Mon année sans imprévus » (p. 58), tu peux reprendre chaque élément individuellement ou faire des regroupements pour simplifier. Arrondis scit à l'euro supérieur, soit au prochain 0 ou 5, par exemple : 128 euros = 130 euros ou 33 euros = 35 euros.

Description	**Support que je vais utiliser**	**Montant cible**	**Montant à date**	**Reste à provisionner**
Fournitures scolaires	LDDS	80 €	80 €	0 €
Inscription rugby	LDDS	200 €	100 €	100 €
Cadeaux de Noël	sous compte	350 €	100 €	250 €
TOTAL		**630 €**	**280 €**	**350/12 = 30 €**
Budget mensuel « provisions »				.... / 12 = ... €

Description	**Support que je vais utiliser**	**Montant cible**	**Montant à date**	**Reste à provisionner**
TOTAL		.... €	.... €	.... €
Budget mensuel « provisions »				............/12 = ... €

Mon épargne de précaution

Dans ce tableau tu vas indiquer ton objectif d'épargne de précaution (montant cible) en faisant la distinction entre l'épargne d'urgence (disponible immédiatement) et l'épargne de précaution qui peut être sur un support un peu moins accessible. Si tu n'as pas du tout d'épargne d'urgence tu peux mettre 0 en épargne de prévoyance en attendant.

Exemple :

Description	Épargne d'urgence	Épargne de prévoyance	
Support que je vais utiliser	Livret A	Assurance vie 100 % fonds euros	**TOTAL ÉPARGNE DE PRÉCAUTION**
Montant cible	5 000 €	10 000 €	**= 15 000 €**
Montant à date	1 500 €	0 €	**= 1 500 €**
Reste à provisionner	3 500 €	10 000 €	**= 13 500 €**

Description	Épargne d'urgence	Épargne de prévoyance	
Support que je vais utiliser			**TOTAL ÉPARGNE DE PRÉCAUTION**
Montant cible			= .... €
Montant à date			= .... €
Reste à provisionner			= .... €

Mes projets et placements

Il s'agit ici des projets que tu envisages dans les années à venir (formation, résidence secondaire, tour du monde, déménagement) et de tes placements financiers.

Projet et date cible	Support que je vais utiliser	Montant cible	Montant à date	Comment vais-je financer ce projet ?
Formation (sept. 2025)	LDDS	5 000 €	1 500 €	125 €/mois + 2 000 € de bonus de fin d'année
Bourse (objectif 2030)	PEA	30 000 €	0 €	200 €/mois dès que le crédit auto sera soldé
Total projets et placements		**35 000 €**	**1 500 €**	

Projet et date cible	Support que je vais utiliser	Montant cible	Montant à date	Comment vais-je financer ce projet ?
Total projets et placements		.... €	.... €	

N'oublie pas que, pour tes projets court terme (moins de trois ans), tu ne dois pas utiliser de supports dont la valeur peut varier (par exemple : actions, fonds d'investissement, ETF — *Exchange Traded Fund* / fonds indiciel négocié en Bourse —, cryptomonnaies, supports indexés sur des matières premières, etc.).

Par ailleurs, tu peux lister des projets pour lesquels tu n'as pas encore les fonds nécessaires, cela te permettra de les garder en tête.

Mes objectifs de revenus annuels

Je prends en compte ici tout type d'activité : salariat, petit business (*side business*), investissement immobilier, etc.

Type de revenus	Année N	Année N+1	Année N+3	Année N+5	Année N+10
Salaire	36 000 €	38 000 €	40 000 €	45 000 €	65 000 €
Side business		2 000 €	5 000 €	10 000 €	45 000 €
Loyers				8 400 €	15 000 €
Total objectifs revenus annuels	**36 000 €**	**40 000 €**	**45 000 €**	**63 400 €**	**125 000 €**

Type de revenus	Année	Année N+1	Année N+3	Année N+5	Année N+10
Total objectifs revenus annuels	.... €	.... €	.... €	.... €	.... €

Répartition de mon épargne mensuelle

Comme on l'a vu précédemment, l'épargne n'a pas vocation à être un bloc uniforme, elle doit plutôt être, elle aussi, compartimentée. Si ta capacité d'épargne est encore limitée (moins de 20 € par mois) tu peux tout mettre sur le même compte pour le moment. Au delà de 20 € tu peux commencer à répartir ton épargne mais tant que le montant peut être viré automatiquement. **Aucune épargne en manuelle** sauf prime ponctuelle. Rappel les 3 types d'épargne sont : Précaution, Provision et Placement/projets.

	Type d'épargne (3P)	Objectif	Établissement	Support	Montant mensuel
DISPONIBLE					
				TOTAL DISPONIBLE Ⓐ	………… €
BLOQUÉE					
				TOTAL BLOQUÉ Ⓑ	………… €
				TOTAL Ⓐ + Ⓑ	………… €

Considérés comme disponibles : tous les livrets, comptes et sous-comptes bancaires, Comptes Titre Ordinaire.

Considérés comme bloqués (mais jamais vraiment bloqués): Assurance-Vie, PEL, PEE, PEA, PER, SCPI.

Mes trackers épargne et dettes

Comment remplir mon tracker?

Définis ta propre échelle en fonction de ta situation actuelle et de tes objectifs. Chaque graduation verticale peut représenter, 20, 50, 100 € (ou plus !) à toi de voir.

Chaque mois tu reporteras le montant de ton épargne et de tes dettes. Tu peux faire des histogrammes à colorier ou bien des points que tu relieras pour faire une courbe.

Exemple :

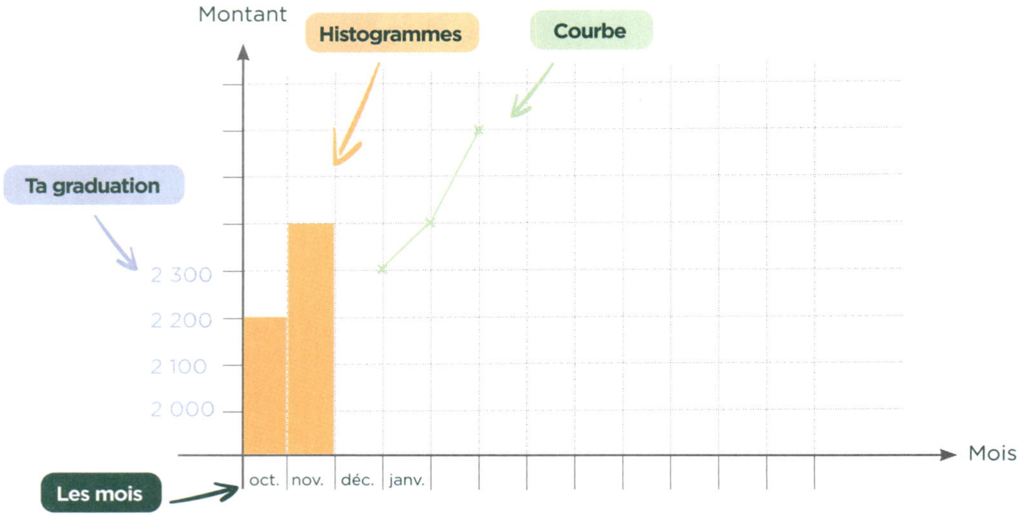

Mon tracker épargne

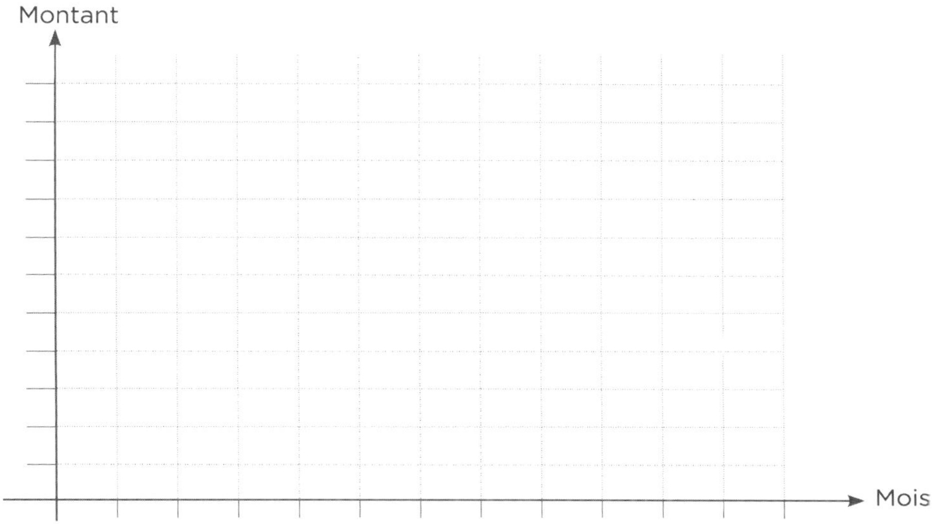

Mon tracker dettes

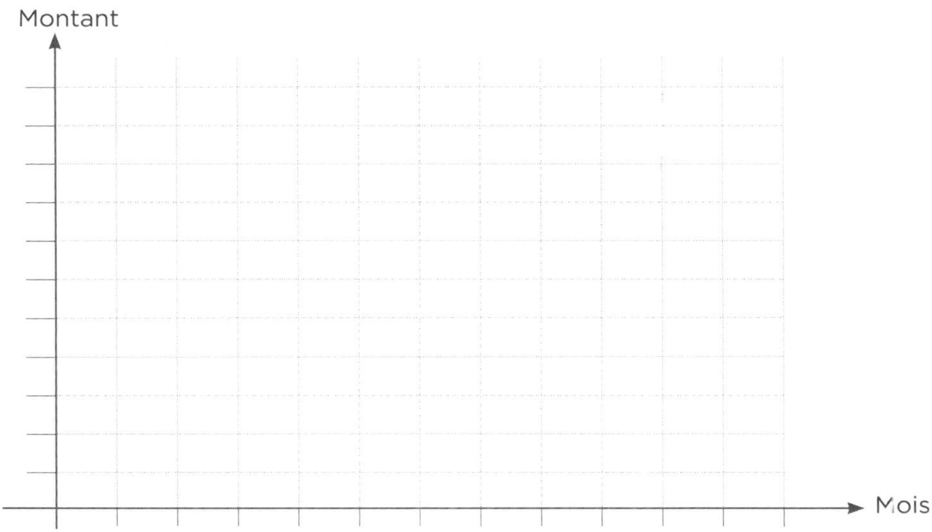

Mon budget Bento et organisation de mes comptes

Grâce aux étapes précédentes, tu dois être au clair avec :

- tes charges fixes p. 52,
- tes dépenses essentielles p. 56,
- ton argent de poche mensuel p. 65,
- ton épargne mensuelle par type de support p. 71.

Tu peux donc « monter ta boîte Bento » !

REVENUS .... €

FAMILLE .... €

MAISON .... €

DETTES .... €

MOBILITÉ .... €

ABONNEMENTS .... €

BANQUES & ASSURANCES .... €

EXTRAS .... €

TOTAL CHARGES FIXES .... €

ÉPARGNE DISPONIBLE .... €

ÉPARGNE BLOQUÉE .... €

DÉPENSES ESSENTIELLES .... €

ARGENT DE POCHE .... €

Fais ici ton propre schéma en prenant exemple sur les pages 38 et 39, en indiquant les comptes ainsi que les montants des virements.

COMPTE PRINCIPAL

- charges fixes (prélèvements, factures)
- épargne par prélèvement

Mois
après mois

Mois de

....

La thématique du mois

L'année glissante : la seule façon de planifier son budget

Tu l'auras peut-être compris, je ne suis pas fan des comptes d'apothicaire, car, pour moi, c'est le meilleur moyen de rester la tête dans le guidon et de passer plus de temps sur des choses passées que futures. Il est important de se projeter à long terme pour ne pas perdre de vue la direction souhaitée et bien gérer ses efforts. Comme je vous l'ai dit, je suis une fainéante convaincue. Chaque effort doit aller dans la bonne direction, sinon c'est de la déperdition d'énergie. Maintenant que la sobriété énergétique est tendance, on va appliquer ses préceptes partout 😉 ! Si tu as pris des cours de conduite, ton moniteur t'a peut-être expliqué qu'il est important de regarder la route au loin pour conduire bien droit. Si tu regardes ce qui est proche du capot, tu auras tendance à faire dévier ta voiture à gauche ou à droite. Pour le budget, c'est pareil : il faut regarder au loin pour rester concentré(e) sur son objectif, et c'est là que l'année glissante intervient.

Reste dans la continuité

Tu ne le sais peut-être pas, mais tu as déjà appliqué le principe de l'année glissante si tu as commencé ce planner un autre mois que le mois de janvier. Une année glissante est une année « continue », c'est-à-dire qu'on prend toujours en considération les douze mois à venir, peu importe à quel moment de l'année calendaire on se situe. Définir son budget en décembre pour l'année suivante et attendre de nouveau décembre pour faire son plan, c'est ringard. Oui, c'est bien d'avoir un rendez-vous annuel dédié, mais ce n'est pas comme ça qu'on peut piloter efficacement son budget et ses finances. C'est pourquoi, à partir d'aujourd'hui, je t'encourage à toujours anticiper *a minima* sur douze mois.

Travailler sur la base d'une année glissante a deux avantages :

- le premier : tu vas pouvoir te lancer dans la prise en main de tes finances à n'importe quel moment de l'année et utiliser ce planner pendant les douze mois de ton choix, puisque c'est à toi de remplir les cases !
- le second, et en fait le principal avantage : cela permet de t'inscrire dans la continuité plutôt que dans une séquence avec un début et une fin définis par le calendrier. La vie ne commence pas le 1er janvier… et il n'y a pas un abîme sans fond après le 31 décembre.

Tu as commencé ce planner en remplissant « Mon année sans imprévus » sur douze mois + douze mois « en vrac », p. 64. Si tu as fait l'impasse sur cet exercice, retournes-y (je vous connais, dès qu'il faut faire un truc qui change un peu, flemme ! « J'ai pas d'inspiration », etc.) 😉.

Utilise les outils à ta disposition

Ce planner t'est proposé en format papier sur douze mois, mais l'idéal – une fois que tes idées sont claires et notées noir sur blanc – serait de reporter tout ça dans un tableur (style Excel ou GoogleSheet). Les deux avantages indéniables d'un tableur sont que tu peux :

1) **planifier ton année à l'infini** : j'ai un tableau que je tiens depuis plusieurs années et je peux voir ma progression sur le long terme. C'est beaucoup plus encourageant que visualiser uniquement quelques mois. Une année « bof » n'efface pas les efforts réalisés auparavant !

2) **faire les calculs de façon automatique** : pas besoin de prendre ta calculatrice ou autre, et peu de risques potentiels de faire des oublis. Pas besoin non plus de connaître toutes les formules de calcul qui donnent mal à la tête : la gestion et

le suivi de budget ne demandent pas plus que le niveau CE2 : addition, soustraction, multiplication et division.

Tu dois te dire : « Mais qui s'extasie sur les fonctionnalités d'un tableur ? », mais je t'assure que c'est bien trop cool pour que tu passes à côté, alors fonce !

Anticipation et projection

Dans « Mon année sans imprévus », l'objectif est d'anticiper les sorties d'argent pour ne pas être pris(e) de cours par ces choses qui vont pertinemment arriver. On peut ainsi ajuster son épargne s'il y a un effort particulier à faire et/ou ajuster ses dépenses courantes pour privilégier le budget nécessaire à l'échéance qui arrive. C'est la partie « anticipation » de l'exercice. Mais j'ai envie que tu passes au niveau supérieur avec l'aspect projection.

Quelle différence entre l'anticipation et la projection ? Il n'y en a pas vraiment, j'ai juste envie d'utiliser un autre mot pour tout ce qui concerne les revenus et l'épargne. Les dépenses, c'est tellement ennuyeux : payer, payer, toujours payer, c'est bon, on a compris ! Mais le budget, ce n'est pas seulement les dépenses, c'est aussi les revenus et, surtout, l'épargne ! Tu l'as vu au tout début du planner, l'épargne est le cœur du budget, pas les dépenses. Donc l'étape suivante pour toi est de créer un tableau (dans un tableur !) dans lequel tu pourras faire une projection de ton épargne. Cela te permettra de voir où tu peux aller avec ton effort d'épargne actuel et, éventuellement, de réajuster le tir si tu constates qu'il te faudra 128 ans pour mettre de côté ce fameux apport pour ton projet immobilier.

Tu peux aussi utiliser ce tableau pour suivre tes revenus, que ce soit pour ton salaire (et tes bonus si tu as une partie variable) ou la rémunération de ton activité entrepreneuriale si tu en as une. Tout ça pour voir comment il faudrait faire évoluer ce que tu gagnes sur le long terme.

Tu peux également faire une projection au niveau de ton patrimoine immobilier en fonction de tes remboursements (oui : j'ai mis mon tableau d'amortissement dans Excel – *Why not ?*) et l'évolution des prix.

Les possibilités sont presque infinies, à toi de voir ce sur quoi tu veux focaliser ton attention dans un premier temps. Tu as déjà beaucoup de tableaux à ta disposition dans la partie « État des lieux », il te suffit de prendre ceux qui te parlent le plus et de commencer à faire tes projections sur douze, dix-huit, vingt-quatre mois, voire plus toujours en mode année glissante !

Je commence ma lecture en .... (mois), mon année glissante va jusqu'au mois de .... 20............ .

Mois de ....

Mes intentions pour le mois

Mes intentions pour ce mois et mon analyse tirée de la théma-tique du mois.

Ma liste d'envies et de dépriorisation

Ici, tu vas lister au fil du mois les choses qui te font envie mais qui n'étaient pas prévues au budget. Ainsi, tu te donnes le temps de la réflexion pour garder ton argent pour les choses qui sont vraiment importantes pour toi.

Mon point épargne à date

Date :

Support	Projet / Objectif	Montant	Évolution +/-	% du total
Ex. : livret A	Épargne de précaution	1 500 €	+100 €	
	Total de mon épargne à date	.... €	.... €	.... %

Remplis ensuite ton camembert pour voir la répartition de ton épargne.

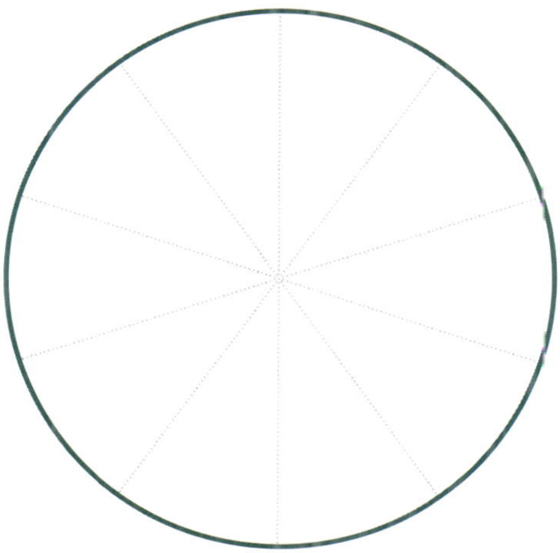

→ **Mets également à jour ton « tracker épargne », p. 73.**

Mon calendrier du mois de ....

Lundi	Mardi	Mercredi	Jeudi

Numérote les jours du mois dans les pastilles en haut à droite de chaque case.

Mes imprévus et nouvelles dépenses à anticiper

Note en page de droite tes imprévus au fur et à mesure du mois et donne une note sur 5 de l'imprévisibilité de chaque évènement. On fera de même avec les nouvelles dépenses qui se profilent à l'horizon (ta cousine qui t'annonce son mariage, un voyage scolaire, etc.). Ajoute-les dans ton calendrier « Mon année sans imprévus » pp. 60-61.

Vendredi	Samedi	Dimanche

Nouvelles dépenses à anticiper

- ....
- ....
- ....

Les imprévus

- ....
- ....
- ....

Mois de ....

Bilan mensuel

MÉTÉO DE MES FINANCES

GLOBAL ☼ ☼ ☼ ☼ ☼

ÉPARGNE ◇ ◇ ◇ ◇ ◇

Les imprévus

- ....
- ....
- ....

MON REVENU

.... €

Charges fixes

PRÉVU	RÉEL
.... €	.... €

BALANCE .... €

balance = prévu-réel

Charges variables essentielles

PRÉVU	RÉEL
.... €	.... €

BALANCE .... €

Épargne

PRÉVU	RÉEL
.... €	.... €

BALANCE .... €

Charges exceptionnelles

PRÉVU	RÉEL
.... €	.... €

BALANCE .... €

Argent de poche

PRÉVU	RÉEL
.... €	.... €

BALANCE .... €

Analyse budgétaire

3 POINTS POSITIFS	3 POINTS DE VIGILANCE

Mon plan d'action sur les points de vigilance

Mois de

La thématique du mois

Les moyens de paiement toxiques

Ici, on se fâche ! En effet, il y a de grandes chances pour que tu utilises actuellement un ou plusieurs de ces moyens de paiement. Tu les trouves très bien, très pratiques et pas du tout toxiques. Heureusement, comme mes abonné(e)s m'ont déjà servi leurs « bonnes » excuses, je maîtrise déjà les arguments qui vont te faire changer d'avis, donc tout devrait bien se passer 😉.

Le crédit revolving (crédit renouvelable)

Niveau de toxicité : létal

Le crédit renouvelable, c'est la kalachnikov du crédit, il te rendette automatiquement. Sans trop entrer dans les détails, lorsque tu souscris à ce type de carte, on t'alloue un crédit, une « facilité de caisse ». À l'occasion, tu peux y avoir recours pour acheter ce que tu veux... et c'est l'endettement à la carte (sans mauvais jeu de mots). La beauté de la chose ? Chaque fois que tu rembourses, ta « facilité de caisse » est renflouée, un genre de crédit éternel, aucune sortie fléchée. Si tu utilises ce mode de paiement et que tu souhaites assainir tes finances, lis bien la phrase qui suit : prends ton portefeuille, prends ta carte de crédit dans une main et une paire de ciseaux dans l'autre, et découpe-la. Tu me remercieras plus tard. Sache que tu as la possibilité de transformer ton crédit renouvelable en crédit amortissable (donc avec un plan de remboursement et sans rechargement).

Le paiement fractionné (microcrédit)

Niveau de toxicité : extrême

Le paiement fractionné, ou microcrédit, est dans une zone de flou, car, s'agissant de prêts inférieurs à 200 euros, il n'est pas considéré comme du crédit conso, donc n'est pas (encore) réglementé. Le législateur a commencé à se pencher sur le sujet car les frais appliqués sont très élevés et bien au-delà de la limite légale aujourd'hui appliquée aux crédits conso, d'où mon indication de « niveau de toxicité extrême ». Ce moyen de paiement est très toxique car on vous le propose en ligne absolument partout, avec une pseudo-validation ultrarapide. S'agissant de petites sommes, c'est très tentant, notamment pour les jeunes, mais, comme tous les crédits, c'est l'accumulation – qui tel un poison vient t'étrangler lentement mais sûrement. Si tu n'as pas les cinquante euros nécessaires pour valider ton panier d'achats, retire des articles, sauvegarde ton panier jusqu'au mois prochain mais ne tombe pas dans ce piège !

Le crédit conso (crédit à la consommation)

Niveau de toxicité : sévère

L'accès au crédit conso est un poil plus encadré, mais l'absence de fichier central concernant la souscription de crédit en fait un outil d'endettement et de surendettement incroyable. On peut faire un crédit conso pour tout et souvent n'importe quoi. Le problème principal : l'amputation immédiate du budget mensuel et, en ricochet, de sa capacité à épargner et donc à pouvoir financer soi-même ses dépenses. Tu l'as compris : le crédit te fait entrer dans un cercle vicieux. Parfois, on n'a tout simplement pas le choix pour des achats importants (par exemple, une voiture), c'est pourquoi je le considère comme moins toxique que le paiement fractionné, mais veille toujours à emprunter un montant qui soit raisonnable par rapport à tes revenus. Ne va pas mettre plus d'argent dans ta voiture que dans ton loyer...

Le paiement en plusieurs fois

Niveau de toxicité : intense

Déjà, appelons un chat un chat, c'est un crédit. Pas la peine d'inventer des formulations pour adoucir la chose. Un « vrai » paiement en plusieurs fois, ce serait un paiement dont on obtiendrait l'objet après paiement, pas avant. Ce mode de paiement, c'est l'achat caprice, pourquoi ? Parce qu'en vrai, si tu peux payer en trois ou quatre fois, ça veut dire que tu es aussi en capacité de mettre ce montant de côté pendant trois ou quatre mois et de faire ton achat cash après. La seule différence, c'est que tu as décidé que tu n'allais pas attendre… Si c'est un achat urgent, tu dois utiliser ton épargne, c'est fait pour. Si tu n'as pas d'épargne, bonne nouvelle ! On est là pour travailler dessus. D'ailleurs, une différence de taille entre le fait de cotiser pendant trois mois et de payer pendant trois mois : si une véritable urgence se présente, tu as la liberté de ne pas cotiser ce mois-là pour la gérer. En revanche, si tu es engagé(e) dans un paiement en plusieurs fois, tu te prives de cette flexibilité, et c'est souvent là que les ennuis commencent. Pour les personnes qui font des paiements en plusieurs fois alors qu'elles ont de l'épargne : sachez que vous ne faites pas « travailler » votre argent sur un livret A, ce n'est pas comme ça que ça marche.

La carte bancaire à débit différé

Niveau de toxicité : fort

Le cheval de Troie des modes de paiement ! Toujours présentée comme une « facilité de caisse » « au cas où », alors que tu peux faire exactement la même chose avec ton épargne. Là où le bât blesse, c'est qu'au fur et à mesure cette facilité de caisse se transforme en une avance sur salaire et, au final, on se retrouve pris(e) à la gorge avec un mois de salaire de dettes auprès de sa banque. Même si tu as des notes de frais, utilise ton épargne, c'est juste un virement à refaire ensuite dans l'autre sens quand tu seras remboursé(e), ça ne va pas t'appauvrir contrairement à la fausse souplesse du débit différé qui peut se transformer en piège.

Le chèque

Niveau de toxicité : modéré

Le chèque en lui-même n'est pas toxique, c'est plutôt l'utilisation qui en est faite. Aussi bien du côté de la personne qui fait le chèque – par exemple dans le but de payer avec de l'argent que l'on n'a pas : « Ne l'encaissez pas avant le 31 S.V.P. » (on vous voit) – que du côté de la personne qui le reçoit – aucun contrôle, le chèque peut être encaissé bien avant la date prévue ou carrément cent ans plus tard pile poil au moment où le compte est en bout de course. Ça m'est arrivé, ça t'est arrivé et tu sais que j'ai raison ! Personnellement, je n'ai pas de chéquier, je fais du « forcing » avec mes virements, mais si tu es vraiment coincé(e), garde ton chéquier et ne l'utilise qu'en dernier recours !

Quels moyens de paiement toxique utilises-tu ?

- **Crédit revolving** : +35 pts
- **Paiement fractionné** : +25 pts
- **Crédit conso** : +15 pts
- **Paiement en plusieurs fois** : +12 pts
- **Débit différé** : +10 pts
- **Chèque** : +3 pts
- **Bonus/Malus** :

  Si ton crédit conso concerne un véhicule et que son montant est inférieur à 50 % de ton loyer, tu peux retirer 10 pts.

  Si l'encours de ta carte de débit différé est supérieur à 50 % de ton salaire, ajoute 10 pts.
- **Score de toxicité :** ..../100

Mois de ....

Mes intentions pour le mois

Mes intentions pour ce mois et mon analyse tirée de la thématique du mois.

Ma liste d'envies et de dépriorisation

Ici, tu vas lister au fil du mois les choses qui te font envie mais qui n'étaient pas prévues au budget. Ainsi, tu te donnes le temps de la réflexion pour garder ton argent pour les choses qui sont vraiment importantes pour toi.

Mon point épargne à date

Date :

Support	Projet / Objectif	Montant	Évolution +/-	% du total
	Total de mon épargne à date	.... €	.... €	.... %

Remplis ensuite ton camembert pour voir la répartition de ton épargne.

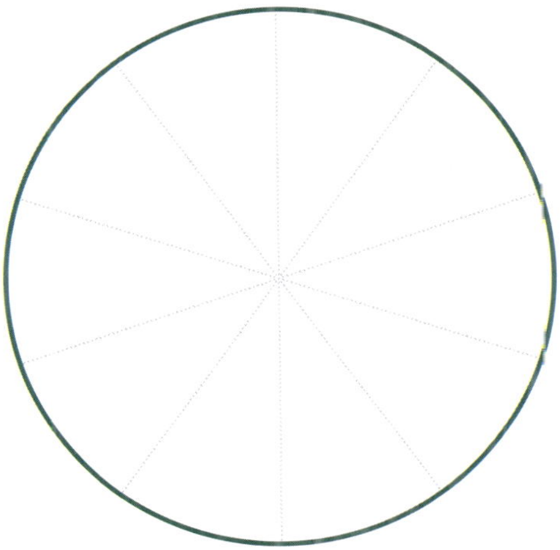

→ Mets également à jour ton « tracker épargne », p. 73.

Mon calendrier du mois de ....

Lundi	Mardi	Mercredi	Jeudi

Mes imprévus et nouvelles dépenses à anticiper

Note en page de droite tes imprévus au fur et à mesure du mois et donne une note sur 5 de l'imprévisibilité de chaque évènement. On fera de même avec les nouvelles dépenses qui se profilent à l'horizon (ta cousine qui t'annonce son mariage, un voyage scolaire, etc.). Ajoute-les dans ton calendrier « Mon année sans imprévus » pp. 60-61.

Vendredi	Samedi	Dimanche

Nouvelles dépenses à anticiper

- ....
- ....
- ....

Les imprévus

- ....
- ....
- ....

Mois de ....

Bilan mensuel

MÉTÉO DE MES FINANCES

GLOBAL ☼ ☼ ☼ ☼ ☼

ÉPARGNE ◇ ◇ ◇ ◇ ◇

Les imprévus

- ....
- ....
- ....

Charges fixes

PRÉVU .... €

RÉEL .... €

BALANCE .... €

balance = prévu-réel

Charges variables essentielles

PRÉVU .... €

RÉEL .... €

BALANCE .... €

MON REVENU

.... €

Épargne

PRÉVU .... €

RÉEL .... €

BALANCE .... €

Charges exceptionnelles

PRÉVU .... €

RÉEL .... €

BALANCE .... €

Argent de poche

PRÉVU .... €

RÉEL .... €

BALANCE .... €

Analyse budgétaire

3 POINTS POSITIFS

3 POINTS DE VIGILANCE

Mon plan d'action sur les points de vigilance

Mois de

....

La thématique du mois

Les supports d'épargne réglementés

Définition

Comme son nom l'indique, un support d'épargne réglementé est réglementé par la loi : c'est l'État qui décide de son niveau de rendement. En règle générale, le rendement est aligné sur l'inflation. Si celle-ci est basse, alors les taux seront faibles ; si elle augmente, les taux suivront la même tendance.

Le point commun de tous ces supports : ils sont sécurisés, limités à un par personne et ils ne te rendront pas riche, mais ce n'est pas grave. Comme on l'a vu précédemment, il est important de bien répartir son épargne, donc l'avantage principal que j'y vois est que cela nous permet d'avoir plusieurs « poches » d'épargne. Lorsque le plafond est atteint, tu ne peux plus faire de versement mais les intérêts continuent à s'accumuler, même au-delà du plafond. Donc c'est plutôt cool pour les personnes endurantes.

Je n'ai pas renseigné les taux car ils ont beaucoup changé ces derniers temps. Je préfère te laisser demander à ton ami Google l'information la plus à jour.

Commençons par le support le plus rentable.

Le livret d'épargne populaire (LEP)

Le LEP est réservé aux ménages modestes. Un plafond de revenus est défini par l'État et ajusté si nécessaire.

Ce plafond est défini en fonction du nombre de parts qui constituent le foyer. Un adulte = 1 part, 1 enfant = 0,5 part, donc un couple

C'est quoi l'inflation ?

« L'inflation est la perte du pouvoir d'achat de la monnaie qui se traduit par une augmentation générale et durable des prix. Elle doit être distinguée de l'augmentation du coût de la vie. La perte de valeur de la monnaie est un phénomène qui frappe l'économie nationale dans son ensemble (ménages, entreprises, etc.). L'indice des prix à la consommation (IPC) est utilisé pour évaluer l'inflation. Cette mesure est partielle, étant donné que l'inflation couvre un champ plus large que celui de la seule consommation des ménages. »

Source : INSEE (Institut national de la statistique et des études économiques).

Traduction : chaque jour qui passe, ton argent vaut de moins en moins. L'inflation impacte négativement non seulement ton salaire (auparavant, tu pouvais inviter tous tes neveux au cinéma ; maintenant, c'est seulement ceux qui ont été sages – du coup, tu y vas sans eux), mais aussi ton épargne (auparavant, avec le pactole légué par tante Gertrude, tu pouvais t'acheter une petite voiture d'occasion, maintenant le vélo électrique te méprise).

avec 1 enfant = 2,5 parts. Certaines situations spécifiques donnent des parts supplémentaires. Il te suffit de consulter ton avis d'imposition pour savoir si tu es éligible. Pour avoir des informations à jour, tu peux visiter la page « livret d'épargne populaire » sur le site service-public.fr (site du gouvernement où tu trouveras quantité d'informations et, franchement, c'est assez bien expliqué).

Il est nécessaire d'être domicilié fiscalement en France pour accéder à ce livret.

- **Plafond :** 7 700 euros.
- **Fiscalité :** intérêts non imposables.
- **Type d'utilisation :** placement sans risque avec une rentabilité supérieure aux autres supports, épargne de précaution.
- **Accessibilité :** retrait possible à tout moment de façon immédiate.

Le livret A

C'est le « faux » support préféré des Français. Pourquoi « faux » ? Parce que, en nombre de comptes, c'est bien le premier, mais en termes d'encours il est TRÈS loin derrière l'assurance vie. Mais peu importe, ça reste un support très utile pour gérer sa trésorerie.

Le taux d'intérêt sur le livret A est passé de 0,75 % en 2015-2020 à 2 % en 2022, puis 3 % en 2023. Même si ton premier réflexe serait peut-être de te dire « Chouette ! », il n'y a pas vraiment de quoi se réjouir. En effet, le taux de rendement du livret A est ajusté en fonction de l'inflation. Si le taux augmente brusquement (comme ç'a été le cas), alors c'est qu'il y a eu une hausse des prix tout aussi brusque. Donc autant te dire que, si tu n'as pas brusqué tes revenus dans la foulée, tu n'as absolument rien gagné dans l'opération.

- **Plafond :** 22 950 euros.
- **Fiscalité :** intérêts non imposables.
- **Type d'utilisation :** épargne de précaution, apport projet court terme, garder de la trésorerie d'un mois à l'autre en anticipation d'une dépense à venir.
- **Accessibilité :** retrait possible à tout moment de façon immédiate.

Le livret de développement durable et solidaire (LDDS)

Complémentaire du livret A (leurs taux sont alignés), donc tout comme lui, son rendement a fortement augmenté ces dernières années. Le nom de ce livret est complètement et totalement du *greenwashing* (marketing écolo creux, pour faire joli) : son nom originel est CODEVI pour « compte pour le développement industriel ». Il vise à financer les PME et cela reste à ce jour son utilisation principale, donc ne l'utilisez pas en pensant que vous faites quelque chose pour la planète, ce n'est pas le cas !

- **Plafond :** 12 000 euros.
- **Fiscalité :** intérêts non imposables.
- **Type d'utilisation :** poche d'épargne secondaire pour un des projets spécifiques ou provisions de certaines dépenses.
- **Accessibilité :** retrait possible à tout moment de façon immédiate.

Le plan épargne logement (PEL)

Le PEL était LE support recommandé par les parents au siècle dernier (avant 2000, quoi 😉), mais il a été dépouillé de plusieurs avantages tels que la prime d'État ou l'exonération d'impôt sur le revenu, toutes deux supprimées pour les PEL ouverts dès 2018. Il y a aussi une « fausse » croyance selon laquelle le PEL fige un taux pour un crédit immobilier, comme si tu allais pouvoir emprunter 200 000 euros à un taux de prêt « verrouillé ». En fait, il fige un taux pour un prêt épargne logement dont le montant est conditionné par les intérêts cumulés sur le PEL. Par conséquent, plus le taux garanti est bas, plus le montant potentiel du prêt sera bas. Mais, comme dirait la #teamcentimes : « C'est toujours ça de gagné ! »

- **Plafond :** 61 200 euros.
- **Fiscalité :** intérêts imposables (pour les PEL ouverts depuis 2018).
- **Type d'utilisation :** apport immobilier, provisions pour un projet important dont on veut garder les fonds hors de portée (mariage, formation, etc.).
- **Accessibilité :** tu ne peux pas retirer d'argent sans casser ton PEL (top pour motiver les personnes qui piochent tout le temps dans leur épargne...).

Le compte épargne logement (CEL)

Produit le plus inutile du monde, utilisé uniquement par les personnes qui ne savent absolument pas quoi faire de leur argent. Je le mets juste pour que l'information soit exhaustive.

- **Plafond :** 15 200 euros.
- **Fiscalité :** intérêts imposables.
- **Accessibilité :** retrait possible à tout moment mais le solde du compte ne doit pas être inférieur à 300 euros.

Le livret jeune

Étant donné que le plafond est fixé à 1 600 euros, on est d'accord qu'il n'y a pas de nécessité à y passer des heures. Il est réservé aux jeunes de 12 à 25 ans résidant en France. Voilà !

Comment sont calculés les intérêts sur un livret ?

Mauvaise nouvelle pour les adeptes du virement le 30 décembre pour un retrait le 3 janvier : même si les intérêts ne sont payés qu'une fois par an, ils sont calculés toute l'année. Chaque 1er et 16 du mois, la banque regarde le montant disponible sur le livret et calcule les intérêts correspondants.

Autre point : le taux est ANNUEL, donc il faut le diviser par 24 pour obtenir le taux applicable à chaque calcul (2 calculs par mois × 12 mois = 24 occurrences). Donc, si tu veux vraiment tirer parti de ton livret, laisse l'argent dessus de façon continue.

Mois de ....

Mes intentions pour le mois

Mes intentions pour ce mois et mon analyse tirée de la thématique du mois.

Ma liste d'envies et de dépriorisation

Ici, tu vas lister au fil du mois les choses qui te font envie mais qui n'étaient pas prévues au budget. Ainsi, tu te donnes le temps de la réflexion pour garder ton argent pour les choses qui sont vraiment importantes pour toi.

Mon point épargne à date

Date :

Support	Projet / Objectif	Montant	Évolution +/-	% du total
	Total de mon épargne à date	.... €	.... €	.... %

Remplis ensuite ton camembert pour voir la répartition de ton épargne.

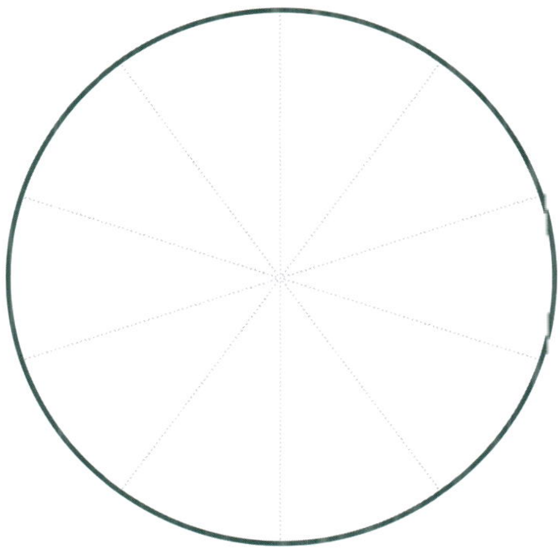

➜ **Mets également à jour ton « tracker épargne », p. 73.**

Mon calendrier du mois de ....

Lundi	Mardi	Mercredi	Jeudi

Mes imprévus et nouvelles dépenses à anticiper

Note en page de droite tes imprévus au fur et à mesure du mois et donne une note sur 5 de l'imprévisibilité de chaque évènement. On fera de même avec les nouvelles dépenses qui se profilent à l'horizon (ta cousine qui t'annonce son mariage, un voyage scolaire, etc.). Ajoute-les dans ton calendrier « Mon année sans imprévus » pp. 60-61.

Vendredi	Samedi	Dimanche

Nouvelles dépenses à anticiper

- ....
- ....
- ....

Les imprévus

- ....
- ....
- ....

Mois de ....

Bilan mensuel

MÉTÉO DE MES FINANCES

GLOBAL ☼ ☼ ☼ ☼ ☼

ÉPARGNE ◇ ◇ ◇ ◇ ◇

Les imprévus

- ....
- ....
- ....

Charges fixes

PRÉVU .... €

RÉEL .... €

BALANCE .... €

balance = prévu-réel

Charges variables essentielles

PRÉVU .... €

RÉEL .... €

BALANCE .... €

MON REVENU

.... €

Épargne

PRÉVU .... €

RÉEL .... €

BALANCE .... €

Charges exceptionnelles

PRÉVU .... €

RÉEL .... €

BALANCE .... €

Argent de poche

PRÉVU .... €

RÉEL .... €

BALANCE .... €

Analyse budgétaire

3 POINTS POSITIFS

3 POINTS DE VIGILANCE

Mon plan d'action sur les points de vigilance

PROJECTION À 3 MOIS

Mes objectifs pour les trois prochains mois

Tous les trois mois, faisons un point sur tes objectifs pour continuer d'avancer à ton rythme, ajuster et corriger ce qui a besoin de l'être. N'oublie pas qu'un objectif doit être **SMART** :

- **S**pécifique (donne des détails),
- **M**esurable (trouve un indicateur en euros, en pourcentage, en durée, comme tu veux),
- **A**mbitieux (on y va pour de vrai, la modestie, c'est pour faire joli),
- **R**éaliste (à l'impossible nul.le n'est tenu.e),
- limité dans le **T**emps (on veut une date, autrement c'est une intention, pas un objectif).

Mois et objectifs	Chiffres clés
Mois :	

Mois et objectifs	Chiffres clés
Mois :	
Mois :	

Mois de

....

La thématique du mois

L'assurance vie

Comme pour d'autres thématiques, il y aurait beaucoup de choses à dire sur le sujet, mais on va se concentrer sur l'essentiel. Premièrement : l'assurance vie n'est pas une assurance. Deuxièmement : on peut détenir plusieurs contrats d'assurance vie. Troisièmement : c'est le VRAI support préféré des Français avec 1 842 milliards d'euros en encours en 2022, soit 3,6 fois plus que le livret A qui cumule 509,7 milliards d'euros.

L'assurance vie, un cocktail propre à chacun(e)

Une chose que j'aimerais arrêter d'entendre : « L'assurance vie, ça ne rapporte pas grand-chose. » Cette phrase ne montre qu'une chose : la personne qui la dit ne sait pas ce qu'est l'assurance vie. En règle générale, c'est un abus de langage pour dire « fonds euros ». Mais l'assurance vie, ce n'est pas QUE du fonds euros.

Le fonds euros est le livret A de l'assurance vie. C'est un support sécurisé, ce qui signifie que ton capital est garanti : tu vas récupérer les montants versés sans risque de perte. Étant donné qu'il est sécurisé, on peut difficilement s'attendre à un rendement de dingue. Le fonds euros n'est pas un fonds en devise euros, c'est un mélange d'obligations (d'entreprises et États bien notés), d'immobilier (un peu) et d'actions (une pointe).

À côté du fonds euros, on retrouve les unités de compte (UC pour les intimes). L'expression « unité de compte » est un terme générique pour désigner TOUT le reste des supports disponibles dans les contrats d'assurance vie. Leur différence avec le fonds euros ? Ton capital (tes versements) n'est pas garanti : il y a un risque que tu perdes de l'argent. Bon... ton argent ne va pas disparaître du jour au lendemain ; simplement, selon les produits et la période, il est possible que la valeur baisse (de légèrement à fortement).

Parmi ces unités de compte, on retrouve une multitude de placements et chaque assuré(e) ou gestionnaire peut créer une combinaison unique qui lui correspond et donc réaliser des performances très différentes.

Les ingrédients

On vient de le dire : l'assurance vie permet d'accéder à différents supports de placements. Je vais te présenter les trois plus communs, mais il en existe d'autres.

L'entité qui régule les produits financiers est l'AMF (l'Autorité des marchés financiers), elle édicte les règles à suivre comme l'obligation de mise à disposition du document d'informations clés (DIC) pour toute personne qui souhaite investir sur un produit financier. L'AMF donne également une note à tous les supports qui va de 0 à 7. La note « 0 » correspond aux produits qui ne présentent aucun risque pour l'épargnant ; la note « 7 » indique les produits considérés comme très risqués. Les trois produits que je vais évoquer présentent des risques de perte en capital.

Les organismes de placement collectif en valeurs mobilières (OPCVM)

Les plus courants sont les OPCVM : organismes de placement collectif en valeurs mobilières (valeurs mobilières = produits qui s'échangent sur les marchés financiers, comme les actions). Un acronyme bien long pour dire : fonds d'investissement. De quoi s'agit-il ? De façon très simplifiée, un organisme crée un portefeuille de valeurs : XX % d'actions A + XX % d'actions B + etc., et va ensuite mettre à disposition des parts de ce portefeuille. L'avantage est que, au lieu d'acheter les actions une par une, on achète un bout de plusieurs actions, ce qui permet de ne pas mettre tous ses œufs dans le même panier.

Les sociétés civiles de placement immobilier (SCPI)

Les SCPI sont des sociétés qui détiennent un parc immobilier ; il peut être composé d'immeubles d'habitation ou de bureaux, centres commerciaux, hôpitaux, hôtels, etc. Parfois, elles sont spécialisées (dans la santé, par exemple) ou bien plus diversifiées. Lorsque l'on achète de la SCPI, on achète des parts de ces sociétés qui nous versent une fraction des loyers encaissés.

Les Exchange Traded Funds (ETF)

Les ETF sont aussi connus sous le nom de trackers ou « fonds indiciels ». Le nom est bien choisi car un tracker va traquer/suivre un indice boursier. Un indice boursier est composé d'une sélection d'entreprises regroupées selon certains critères. Par exemple, le plus connu en France est le CAC 40 composé de quarante entreprises faisant partie des cent entreprises dont les actions sont les plus échangées sur la Bourse de Paris. L'objectif du tracker est de répliquer la performance de cet indice.

La gestion d'une assurance vie

Frais : il faut savoir que la gestion d'une assurance vie n'est pas gratuite. Les différents acteurs, assureurs, courtiers, fonds d'investissement, etc., prélèvent des frais. Il faut, bien sûr, qu'ils gagnent leur vie, cependant il faut rester vigilant(e) et ne pas cumuler trop de frais au risque de voir sa performance réduite à peau de chagrin.

Imposition : l'assurance vie est ce que l'on appelle une « enveloppe fiscale », ce qui veut dire que l'on bénéficie d'un régime fiscal privilégié. Tant que l'argent est sur le contrat, les intérêts ne sont pas imposables et, au bout de huit ans de détention du contrat, l'imposition est allégée en cas de sortie des fonds. J'en profite donc pour préciser que l'argent placé en assurance vie n'est pas bloqué pendant huit ans.

Accessibilité : fonds accessibles à tout moment avec un délai de traitement de quelques jours qui peut être allongé si le « rachat » (= retrait) concerne une somme importante. Le délai maximal de la mise à disposition des fonds est stipulé dans le contrat. Des frais peuvent s'appliquer.

Transmission : en France, l'assurance vie ne fait pas partie de l'actif successoral, c'est-à-dire qu'elle n'est pas considérée comme faisant partie de l'héritage, c'est donc un bon moyen de réduire les frais de succession.

Ressources

Le site de l'AMF – espace épargnant : www.amf-france.org/fr/espace-epargnants/lamf-et-vous

L'Institut pour l'éducation financière du public (IEFP), plus connu sous le nom de **La Finance pour tous**, est une association d'intérêt général indépendante, soutenue par la Banque de France, l'Autorité des marchés financiers, la Fédération bancaire française, ainsi que de grands établissements financiers. Elle est agréée par le ministère de l'Éducation nationale. Sa vocation est de développer une pédagogie active sur l'ensemble des sujets portant sur les finances personnelles et le décryptage de l'économie.

www.lafinancepourtous.com/qui-sommes-nous/

Mois de ....

Mes intentions pour le mois

Mes intentions pour ce mois et mon analyse tirée de la thématique du mois.

Ma liste d'envies et de dépriorisation

Ici, tu vas lister au fil du mois les choses qui te font envie mais qui n'étaient pas prévues au budget. Ainsi, tu te donnes le temps de la réflexion pour garder ton argent pour les choses qui sont vraiment importantes pour toi.

Mon point épargne à date

Date :

Support	Projet / Objectif	Montant	Évolution +/-	% du total
	Total de mon épargne à date	.... €	.... €	.... %

Remplis ensuite ton camembert pour voir la répartition de ton épargne.

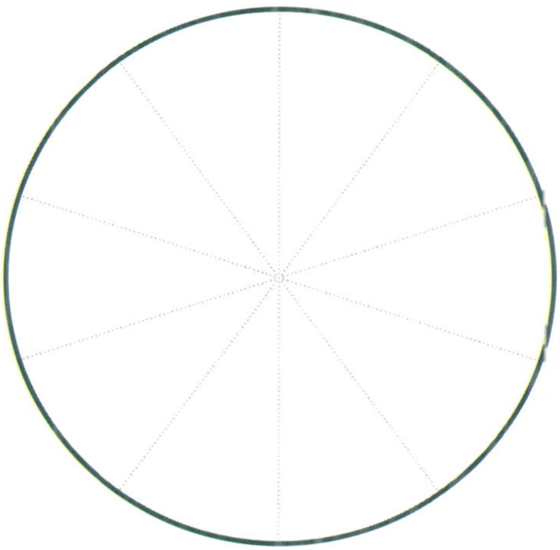

➜ **Mets également à jour ton « tracker épargne », p. 73.**

Mon calendrier du mois de ....

Lundi	Mardi	Mercredi	Jeudi

Mes imprévus et nouvelles dépenses à anticiper

Note en page de droite tes imprévus au fur et à mesure du mois et donne une note sur 5 de l'imprévisibilité de chaque évènement. On fera de même avec les nouvelles dépenses qui se profilent à l'horizon (ta cousine qui t'annonce son mariage, un voyage scolaire, etc.). Ajoute-les dans ton calendrier « Mon année sans imprévus » pp. 60-61.

Vendredi	Samedi	Dimanche

Nouvelles dépenses à anticiper

- ....
- ....
- ....

Les imprévus

- ....
- ....
- ....

Mois de ....

Bilan mensuel

MÉTÉO DE MES FINANCES

GLOBAL ☼ ☼ ☼ ☼ ☼

ÉPARGNE ◇ ◇ ◇ ◇ ◇

Les imprévus

- ....
- ....
- ....

MON REVENU

.... €

Charges fixes

PRÉVU	RÉEL
.... €	.... €

BALANCE .... €

balance = prévu-réel

Charges variables essentielles

PRÉVU	RÉEL
.... €	.... €

BALANCE .... €

Épargne

PRÉVU	RÉEL
.... €	.... €

BALANCE .... €

Charges exceptionnelles

PRÉVU	RÉEL
.... €	.... €

BALANCE .... €

Argent de poche

PRÉVU	RÉEL
.... €	.... €

BALANCE .... €

Analyse budgétaire

3 POINTS POSITIFS	3 POINTS DE VIGILANCE

Mon plan d'action sur les points de vigilance

Mois de ....

La thématique du mois

Le calendrier fiscal

Il y a de fortes chances pour que ce thème te fasse grimacer, mais c'est un sujet qu'il est important de comprendre si l'on veut atteindre un certain niveau d'éducation financière. Cela évite des erreurs de jugement telles que refuser une augmentation pour une histoire de « changement de tranche ». Comme je le rappelle dans mon livre *Mon budget sur pilote automatique*, on ne change pas de tranche, c'est uniquement le revenu additionnel qui est imposé dans une nouvelle tranche. Je ne vais même pas te parler de tranches ici (tu pourras te référer au petit encadré), je vais me pencher sur le calendrier de l'imposition sur le revenu et notamment sur le prélèvement à la source !

Depuis 2019, l'impôt sur le revenu est prélevé « à la source », c'est-à-dire directement sur le salaire. Si ce changement a permis aux Français(e)s de s'économiser un mal de tête chaque mois, ce n'est pas pour autant qu'il ne reste rien à faire. En effet, l'impôt étant progressif (plus on monte dans les revenus, plus on est fortement imposé(e)), il faut forcément une idée du montant annuel des revenus de chacun(e).

Je vais t'expliquer la chronologie de la fiscalité en prenant un exemple. Quelle que soit l'année, le principe est le même.

Maeva a eu une promotion en avril 2023. Son revenu net imposable passe de 2 500 à 3 000 euros. Bien entendu, elle a mis la Terre entière au courant, sauf les impôts ! Même si le fisc peut voir la hausse de salaire, rien ne lui indique que cette hausse est pérenne. Il pourrait s'agir d'un bonus ponctuel, Maeva pourrait aussi avoir prévu de démissionner trois mois plus tard, etc., donc le fisc ne tire pas de plan sur la comète.

Réflexe n° 1 : dès que tu as un changement majeur dans ta rémunération, mets à jour ton estimation annuelle, et cela à la hausse comme à la baisse.

Par exemple :

- revenu à la hausse : augmentation, promotion, changement de job, passage du statut étudiant(e) ou apprenti(e) non imposable, à celui de salarié(e).
- revenu à la baisse : perte d'emploi, formation, congé parental, congé maladie de longue durée, congé sabbatique, retraite.

Cela est aussi valable pour les changements de situation familiale : naissance, mariage, décès.

Mais revenons à notre petite histoire. En janvier 2024, sans nouvelles de Maeva, le fisc va faire sa propre estimation annuelle et prendre pour référence la dernière déclaration disponible, c'est-à-dire la déclaration faite au printemps 2023 (sur les revenus 2022). En gros, le fisc va considérer qu'elle gagne le même salaire qu'en 2022. Pour éviter cela :

Réflexe n° 2 : chaque fin d'année, fais une estimation annuelle de ton revenu pour l'année à venir.

Communique ce montant aux impôts la première semaine de décembre *via* ton compte impots.gouv.fr dans l'onglet « Prélèvement à la source ». Tu as juste à donner cette estimation, rien d'autre, le fisc se charge du calcul du taux. Si tu loupes le coche en décembre, pas de souci, tu peux mettre à jour ton estimation annuelle à tout moment, c'est juste que ce sera cuit pour le mois de janvier.

Au printemps 2024, lorsque l'heure de la déclaration de revenus (pour renseigner ses revenus 2023) arrive, forcément les calculs ne sont pas bons, puisque Maeva n'a jamais déclaré son augmentation de 20 % obtenue en avril 2023. Son prélèvement à la source était basé sur un revenu net imposable de 30 000 euros au lieu de 34 500 euros (soit trois mois à 2 500 euros et neuf mois à 3 000 euros). Tu l'auras compris :

lorsque l'avis d'imposition final sera émis, il y aura une demande de rattrapage sur les 4 500 euros qui n'auront pas été imposés. Notre Maeva est célibataire sans enfant, les 4 500 euros sont donc dans la tranche des 30 %, ce qui représente 1 350 euros à payer entre septembre et décembre 2024 (337,50 euros/mois). Quelle joie de voir son budget mensuel amputé de 300 euros en période de fin d'année ! 🙃

Heureusement, j'ai une troisième et dernière astuce pour adoucir le rattrapage fiscal.

Réflexe n° 3 : dès le mois de décembre, tu peux calculer toi-même ton imposition pour l'année suivante et provisionner ton rattrapage.

… en l'étalant sur toute l'année au lieu de souffrir pendant les quatre derniers mois. Grâce à un simulateur en ligne, il est possible de calculer le montant dû. Il suffit de le comparer au montant prélevé à la source disponible sur la fiche de paie. Dans le cas de Maeva, elle aurait ainsi vu la différence de 1 350 euros et pu intégrer cette somme dans ses provisions, soit 112,50 euros/mois. Quand même moins douloureux que 337,50 euros…

Réflexe n° 4 : tu peux également t'orienter vers des produits de défiscalisation.

… comme le PER (plan épargne retraite, voir p. 191) ou un investissement Girardin.

Dernier point par rapport à une question que l'on me pose souvent : *ne serait-il pas plus intéressant de ne PAS déclarer tout de suite aux impôts une augmentation afin de ne pas augmenter son prélèvement à la source, et garder ce salaire dans sa poche avant de le donner au fisc ?*

Déjà, pour quoi faire ? Si c'est pour gratter 15 euros sur un livret A… flemme. Si c'est pour aller boursicoter et, au final, perdre une partie de l'argent… re-flemme.

Deux, il s'agit d'une dette, cet argent est dû quoi qu'il arrive, donc autant payer pendant qu'on en a les moyens et que c'est indolore, plutôt que de reporter le paiement à l'année suivante sans savoir où l'on en sera, quel sera notre salaire, nos charges, l'état de nos finances, etc. Comme on dit : ce qui est fait n'est plus à faire.

Les tranches marginales d'imposition

En France, l'impôt sur le revenu est progressif, c'est-à-dire que plus l'on gagne d'argent, plus notre imposition est forte. Mais attention, il y a une subtilité : l'imposition fonctionne par « tranches » de revenu, chacune se voyant appliquer un taux différent. Il existe cinq strates de revenus, imposées respectivement à 0, 11, 30, 41 et 45 %.

Si, comme la plupart des gens, tu as plus de facilité avec un schéma, en voici un qui, j'espère, t'aidera à y voir plus clair. Je ne précise pas les montants de chaque tranche volontairement car ils changent légèrement chaque année, mais l'idée reste la même. Ici, on prend l'exemple d'une personne célibataire dont le revenu imposable est de 35 000 euros.

Chaque tranche de revenu est imposée différemment selon le barème en vigueur, en hachuré la partie prélevée par le fisc. Si tu te dis que donner 30 % de ce que tu gagnes, c'est beaucoup, rappelle-toi qu'il vaut mieux toucher 70 % de 10 euros que 100 % de 0 euro...

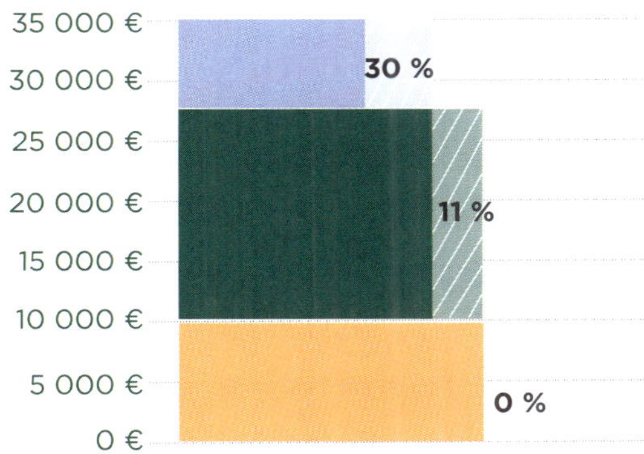

Mois de ....

Mes intentions pour le mois

Mes intentions pour ce mois et mon analyse tirée de la thématique du mois.

Ma liste d'envies et de dépriorisation

Ici, tu vas lister au fil du mois les choses qui te font envie mais qui n'étaient pas prévues au budget. Ainsi, tu te donnes le temps de la réflexion pour garder ton argent pour les choses qui sont vraiment importantes pour toi.

Mon point épargne à date

Date :

Support	Projet / Objectif	Montant	Évolution +/-	% du total
	Total de mon épargne à date	.... €	.... €	.... %

Remplis ensuite ton camembert pour voir la répartition de ton épargne.

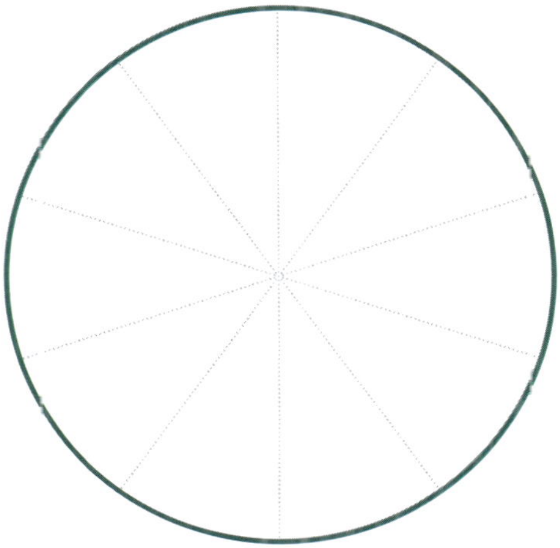

➔ **Mets également à jour ton « tracker épargne », p. 73.**

Mon calendrier du mois de ....

Lundi	Mardi	Mercredi	Jeudi

Mes imprévus et nouvelles dépenses à anticiper

Note en page de droite tes imprévus au fur et à mesure du mois et donne une note sur 5 de l'imprévisibilité de chaque évènement. On fera de même avec les nouvelles dépenses qui se profilent à l'horizon (ta cousine qui t'annonce son mariage, un voyage scolaire, etc.). Ajoute-les dans ton calendrier « Mon année sans imprévus » pp. 60-61.

Vendredi	Samedi	Dimanche

Nouvelles dépenses à anticiper

- ....
- ....
- ....

Les imprévus

- ....
- ....
- ....

Mois de ....

Bilan mensuel

MÉTÉO DE MES FINANCES

GLOBAL

ÉPARGNE

Les imprévus

- ....
- ....
- ....

Charges fixes

PRÉVU	RÉEL
.... €	.... €

BALANCE .... €

balance = prévu-réel

Charges variables essentielles

PRÉVU	RÉEL
.... €	.... €

BALANCE .... €

MON REVENU

.... €

Épargne

PRÉVU	RÉEL
.... €	.... €

BALANCE .... €

Charges exceptionnelles

PRÉVU	RÉEL
.... €	.... €

BALANCE .... €

Argent de poche

PRÉVU	RÉEL
.... €	.... €

BALANCE .... €

Analyse budgétaire

3 POINTS POSITIFS

3 POINTS DE VIGILANCE

Mon plan d'action sur les points de vigilance

Mois de

....

La thématique du mois

L'équilibre budgétaire dans le couple

Bon… je pourrais écrire une tirade sans fin sur le sujet mais on me souffle dans l'oreillette que je dois respecter un nombre limite de caractères, donc on va rester en mode digeste ! Même si tu es célibataire, tu devrais lire cet article : cela pourra te servir pour plus tard ou pour analyser ce qui aurait pu se passer autrement dans ta/tes précédente(s) relation(s).

L'importance de la transparence

Avant toute chose, j'aimerais faire un point sur l'importance de la transparence dans les finances du couple. Les fouines de service, je vous arrête tout de suite, avant que vous n'alliez courir balancer à votre partenaire que « Maeva a dit que… », doucement… Oui, il faut que les choses soient claires, après cela ne veut pas forcément dire open bar sur le compte de l'autre. Chaque couple trouve l'organisation qui lui convient, mais certaines choses sont non négociables dont les trois suivantes :

Quels sont tes revenus ?

Même si on ne va pas vérifier la fiche de paie chaque mois, tu dois savoir combien gagne ta moitié. On n'hésite pas à faire une vérification ne serait-ce qu'une fois par an lors de la déclaration des revenus, même si on n'a pas une imposition commune. Pour les personnes qui font une déclaration commune (mariage, PACS) : non, ce n'est pas chiant de faire sa déclaration d'impôts, arrêtez d'être des touristes financiers dans votre propre foyer.

Quel est ton patrimoine ?

Ce n'est pas la question à poser au premier RDV, bien évidemment, mais lorsque la relation commence à devenir sérieuse. Emménagement, mariage, projet d'achat en commun, enfant… : à un moment, il faut poser cartes sur table et savoir à qui l'on a affaire avant de lier son patrimoine (financier et génétique).

Quelles sont tes dettes ?

S'il y a bien une chose que l'on a plus envie de cacher que son patrimoine, c'est bien ses dettes. Dans le couple, il est important d'être transparent(e) sur ses dettes préexistantes. Les dettes vont impacter le budget du couple, puisque c'est de l'argent qui ne pourra pas être utilisé pour des projets à venir. Ces dettes devront être listées (y compris les dettes envers la famille) et un plan de remboursement mis en place pour réduire l'impact sur les finances du couple.

Je fais juste un gros aparté pour mes personnes préférées : les amoureux(ses) de l'amour, tu en fais peut-être partie, ce sont ces personnes qui font passer les besoins et les envies de l'autre avant toute chose, y compris… le bon sens ! Si ta moitié a contracté des dettes AVANT de te connaître (ou même pendant votre relation - hors mariage sous le régime de la communauté), c'est sa responsabilité. Il existe des manières d'aider une personne qui a des dettes autrement qu'en remboursant à sa place : l'aider à chercher un emploi, trouver un second job (temporairement, histoire de renflouer les caisses), réorganiser le budget (avec mon livre, par exemple !), regarder ensemble les formations ou VAE qui pourraient améliorer de façon durable sa situation financière. Vider tes poches pour remplir un trou ne va pas élever votre couple. Travaillez plutôt main dans la main pour trouver des solutions pérennes au lieu d'entretenir (parfois) de très mauvaises habitudes budgétaires (notamment l'utilisation de moyens de paiement toxiques appréhendés dans l'article plus haut, p. 88).

Maintenant qu'on a fait preuve de transparence, voyons comment s'organiser.

Un budget à deux

Tout d'abord, toute organisation de budget doit être pensée comme quelque chose de vivant. La vie financière n'est pas quelque chose de linéaire, surtout à deux et tout spécialement pour les personnes qui se rencontrent jeunes, parfois avant même d'avoir fini leurs études. Une organisation mise en place aujourd'hui n'a pas vocation à être figée pour les vingt prochaines années.

Sur la base des informations partagées (transparence), on va mettre en place une répartition des charges qui prenne en compte les revenus et le patrimoine (notamment si l'un des deux est propriétaire de la résidence principale). On va *de facto* bannir le 50/50. Ce n'est pas parce qu'on est deux personnes que l'on doit faire moitié-moitié. Il est temps de mettre une pincée d'intelligence dans la définition des budgets de couple. Les personnes qui me suivent connaissent ma préférence pour la proportionnelle, mais, au-delà de ma préférence, voici les aspects à prendre en compte lorsqu'on fait son budget à deux :

Quelle est la propension à épargner de chacun ?

Forcément, la personne qui gagne mieux sa vie aura plus d'argent à sa disposition, mais il est important de préserver la capacité d'épargne de chacun(e). Ne comparez pas la contribution pour voir si c'est équitable, mais plutôt le reste à vivre de chacun.

Qui se crée du patrimoine ?

Ici, je pense principalement à l'immobilier car ça reste le poste de dépense et d'enrichissement principal des Français. Il est important que chacun contribue aussi bien aux dépenses patrimoniales (immobilier, voiture) qu'aux dépenses du quotidien, surtout pour les couples non mariés. On crée un budget qui laisse la possibilité à chacun de se constituer un patrimoine.

Qui paie quoi ?

La question à NE PLUS se poser, l'ensemble des charges communes doit être mutualisé et chacun versera sa contribution. De cette façon, en cas de variation du budget à la hausse comme à la baisse, tout le monde sera impacté équitablement.

5 choses à faire pour éviter les violences économiques dans le couple

1) Garde toujours un compte personnel, même si tu ne l'utilises pas au quotidien. Ne transforme jamais ton compte personnel en compte joint, même si cela peut te paraître plus pratique.

2) Garde une épargne sécurisée et en fonds propres (en cas de mariage sous le régime de la communauté). C'est ton kit de sauvetage.

3) Vérifie toujours que tes accès au compte joint fonctionnent, surtout si ton salaire y est versé.

4) Ne partage pas le code de ton téléphone (ou change-le régulièrement) car c'est un moyen de sécurisation d'informations sensibles comme l'accès à tes comptes en ligne.

5) Informe-toi régulièrement sur les sites de prestations sociales et des impôts pour avoir une vision d'ensemble des ressources du foyer.

Mois de ....

Mes intentions pour le mois

Mes intentions pour ce mois et mon analyse tirée de la thématique du mois.

Ma liste d'envies et de déprioriosation

Ici, tu vas lister au fil du mois les choses qui te font envie mais qui n'étaient pas prévues au budget. Ainsi, tu te donnes le temps de la réflexion pour garder ton argent pour les choses qui sont vraiment importantes pour toi.

Mon point épargne à date

Date :

Support	Projet / Objectif	Montant	Évolution +/-	% du total
	Total de mon épargne à date	.... €	.... €	.... %

Remplis ensuite ton camembert pour voir la répartition de ton épargne.

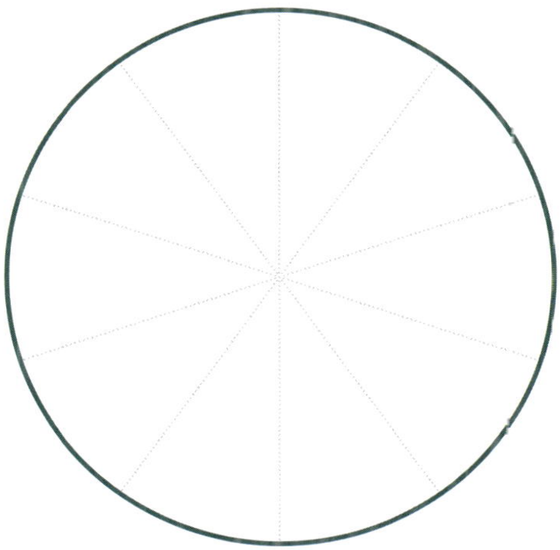

➜ **Mets également à jour ton « tracker épargne », p. 73.**

Mon calendrier du mois de ....

Lundi	Mardi	Mercredi	Jeudi

Mes imprévus et nouvelles dépenses à anticiper

Note en page de droite tes imprévus au fur et à mesure du mois et donne une note sur 5 de l'imprévisibilité de chaque évènement. On fera de même avec les nouvelles dépenses qui se profilent à l'horizon (ta cousine qui t'annonce son mariage, un voyage scolaire, etc.). Ajoute-les dans ton calendrier « Mon année sans imprévus » pp. 60-61.

Vendredi	Samedi	Dimanche

Nouvelles dépenses à anticiper

- ....
- ....
- ....

Les imprévus

- ....
- ....
- ....

Mois de ....

Bilan mensuel

MÉTÉO DE MES FINANCES

GLOBAL ☼ ☼ ☼ ☼ ☼

ÉPARGNE

Les imprévus

- ○ ....
- ○ ....
- ○ ....

MON REVENU

.... €

Charges fixes

PRÉVU	RÉEL
.... €	.... €

BALANCE .... €

balance = prévu-réel

Charges variables essentielles

PRÉVU	RÉEL
.... €	.... €

BALANCE .... €

Épargne

PRÉVU	RÉEL
.... €	.... €

BALANCE .... €

Charges exceptionnelles

PRÉVU	RÉEL
.... €	.... €

BALANCE .... €

Argent de poche

PRÉVU	RÉEL
.... €	.... €

BALANCE .... €

Analyse budgétaire

3 POINTS POSITIFS	3 POINTS DE VIGILANCE

Mon plan d'action sur les points de vigilance

BILAN à 6 mois

Mon patrimoine

Liste les avoirs qui constituent ton patrimoine à date et fais le total.

	Description	Montant	Sous-total
AVOIRS IMMOBILIERS			.... € (A)
AVOIRS FINANCIERS			.... € (B)
AUTRES			.... € (C)
		Total A + B + C	.... €

Mes dettes

Liste toutes tes dettes à date et fais le total.

Si tu as des dettes envers des personnes de ton entourage, prévois une mensualité pour les rembourser petit à petit.

Description	Créancier	Montant initial	Reste à rembourser	Mensualité	Date de fin de remboursement
Total			.... €	.... €	

➜ Écris la date, calcule le montant de ton patrimoine net (= patrimoine-dettes) et son évolution depuis ton dernier bilan.

....

....

....

....

....

....

ANALYSE
patrimoniale

Mes points forts

Ce qui s'est bien passé au cours des 6 derniers mois

....

....

....

....

....

....

....

....

....

Mes projections

6 MOIS	1 AN

Champs de progession

Ce qui pourrait mieux se passer dans les 6 prochains mo s

....

....

....

....

....

....

....

....

....

5 ANS

10 ANS

PROJECTION À 3 MOIS

Mes objectifs pour les trois prochains mois

Tous les trois mois, faisons un point sur tes objectifs pour continuer d'avancer à ton rythme, ajuster et corriger ce qui a besoin de l'être. N'oublie pas qu'un objectif doit être **SMART** :

- **S**pécifique (donne des détails),
- **M**esurable (trouve un indicateur en euros, en pourcentage, en durée, comme tu veux),
- **A**mbitieux (on y va pour de vrai, la modestie, c'est pour faire joli),
- **R**éaliste (à l'impossible nul.le n'est tenu.e),
- limité dans le **T**emps (on veut une date, autrement c'est une intention, pas un objectif).

Mois et objectifs	Chiffres clés
Mois :	

Mois et objectifs	Chiffres clés
Mois :	
Mois :	

J'anticipe les 12 mois à venir.

....	....	....
.... €	.... €	.... €

....	....	....
.... €	.... €	.... €

....	....	....
.... €	.... €	.... €
....	....	....
.... €	.... €	.... €

Total annuel provisions	.... **€**

Mois de

La thématique du mois

Le notaire : ton allié(e) patrimonial(e)

À chaque moment de ta vie, le notaire peut t'être d'une très grande utilité. C'est un représentant de l'État qui rédige et certifie des documents qui deviennent alors officiels, comme les actes de propriété ou les testaments pour les plus communs. En cherchant une définition, je suis tombée sur ce texte :

Lors des débats de la « loi du 25 ventôse an XI, contenant organisation du notariat », le Conseiller Réal définissait le notaire en ces termes : « À côté des fonctionnaires qui concilient et qui jugent les différends, la tranquillité appelle d'autres fonctionnaires, qui, conseils désintéressés des parties, aussi bien que rédacteurs impartiaux de leur volonté, leur faisant connaître toute l'étendue des obligations qu'elles contractent, rédigeant ces engagements avec clarté, leur donnant le caractère d'un acte authentique et la force d'un jugement en dernier ressort, perpétuant leur souvenir et conservant leur dépôt avec fidélité, **empêchent les différends de naître entre les hommes de bonne foi et enlèvent aux hommes cupides avec l'espoir du succès, l'envie d'élever une injuste contestation**. Ces conseils désintéressés, ces rédacteurs impartiaux, cette espèce de juges volontaires qui obligent irrévocablement les parties contractantes, sont les notaires. Cette institution est le notariat. »

Pour en revenir à la définition du rôle du notaire, la phrase en gras m'a bien fait rire ! Elle est criante de vérité parce qu'effectivement, quand tu te passes des conseils du notaire, bien souvent tu deviens la proie des Hommes (humains) cupides. On ne pourra pas dire qu'on n'a pas été prévenu(e).

Pour devenir notaire, il faut faire de longues études, et même si j'ai un Master en poche, il n'est pas en droit notarial, donc le but de cet article est de te sensibiliser sur les situations dans lesquelles il est important de s'orienter vers un notaire. Le notaire réalise des actes mais a également un rôle de conseil, donc il ne faut pas hésiter à le solliciter. Certaines personnes ont peur du coût que cela peut représenter, peut-être du fait d'une comparaison avec le mode de fonctionnement des avocats qui fixent librement leur prix. Mais il faut savoir que le tarif de certains actes est fixé par la loi (par exemple : testament, donation, vente d'un bien immobilier) et le prix appliqué sera le même chez tous les notaires. Dans ce cas, on utilisera le terme « émoluments ». Le montant peut être fixe ou calculé selon un pourcentage. Pour les actes dont les prix sont fixés librement par le notaire, on parlera d'« honoraires » (par exemple : bail commercial, rédaction des statuts d'une SCI, etc.).

Le savais-tu ?

Lorsque l'on achète un bien, on parle très souvent de « frais de notaire ». C'est un abus de langage, car, en réalité, les frais associés à la vente d'un bien sont en grande partie (80 %) des taxes perçues par l'État, c'est-à-dire des impôts que les notaires se contentent de collecter mais qui ne vont pas dans leur poche. Comme quand une entreprise facture la TVA. Au final, seuls 10 % des « frais de notaire » sont destinés au notaire. Si tu veux faire plaisir à ton notaire, dis plutôt « frais d'acquisition », ça va adoucir son cœur.

Voici quelques étapes clés de ton parcours patrimonial, durant lesquelles ton notaire sera un(e) précieux(se) allié(e).

Immobilier

Souvent notre première expérience avec le notaire. Il/elle t'accompagne depuis la rédaction du compromis de vente jusqu'à la signature de l'acte authentique (qui certifie le transfert de propriété). Il est le garant que toutes les démarches administratives sont en ordre. C'est également à lui que tu vas verser ton apport, la banque en fera de même avec l'argent du prêt. Les fonds sont ensuite échangés de façon instantanée entre les notaires, et te voilà propriétaire.

Reconnaissance de dette

Si tu prêtes une somme importante, tu peux réaliser une reconnaissance de dette chez le notaire. En cas de problème avec le débiteur (celui qui emprunte), c'est ton joker. Personnellement, je le vois surtout comme une façon de vérifier si la personne est sérieuse, car, si elle refuse d'aller chez le notaire, tu t'imagines bien qu'il y a une raison.

PACS, mariage, divorce

Si tu envisages de te pacser ou de te marier, et même si tu souhaites opter pour le régime de base, la première chose que tu devrais faire est de consulter un notaire. Toutes les unions sont des contrats, c'est juste que, avec le contrat par défaut (la séparation de biens pour le PACS et la communauté de biens pour le mariage), c'est l'État qui écrit le contrat à ta place. Est-ce que tu signerais un contrat de travail sans le lire ? Non. Donc pourquoi en serait-il autrement pour ton union ? Le notaire pourra t'expliquer ce à quoi tu t'engages. Chose d'autant plus importante si tu as du patrimoine ou si tu souhaites en créer (que ce soit immobilier, financier ou dans le domaine entrepreneurial).

Bien entendu, si l'union devait malheureusement être rompue, alors le notaire pourra également te donner toutes les informations nécessaires, notamment la répartition du patrimoine.

Testament, donation, succession

On a tellement parlé d'anticipation dans ce planner qu'il serait bête d'oublier cette étape inéluctable de la vie. Grâce à la rédaction de ton testament, tu t'assureras que ton patrimoine soit réparti de la façon que tu le souhaites, surtout si tu n'as pas d'enfants. Il t'aidera à organiser tes donations de ton vivant et à t'assurer que ta succession soit réglée dans les meilleurs délais avec la préservation des droits de chacun.

Les domaines de compétence du notaire ne s'arrêtent pas à cette courte liste. Il peut aider sur d'autres sujets comme la création, la gestion et la transmission d'une entreprise. Il ou elle est ton allié(e) à de nombreux niveaux, ne sous-estime pas son utilité !

Ressource

- le site notaires.fr

Mois de ....

Mes intentions pour le mois

Mes intentions pour ce mois et mon analyse tirée de la thématique du mois.

Ma liste d'envies et de dépriorisation

Ici, tu vas lister au fil du mois les choses qui te font envie mais qui n'étaient pas prévues au budget. Ainsi, tu te donnes le temps de la réflexion pour garder ton argent pour les choses qui sont vraiment importantes pour toi.

Mon point épargne à date

Date :

Support	Projet / Objectif	Montant	Évolution +/-	% du total
	Total de mon épargne à date	.... €	.... €	.... %

Remplis ensuite ton camembert pour voir la répartition de ton épargne.

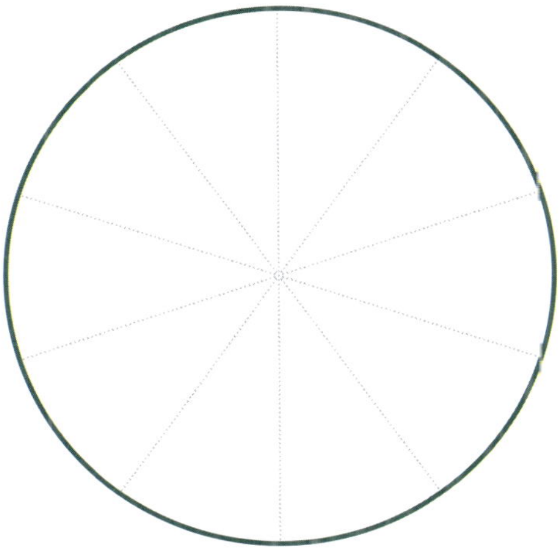

➜ **Mets également à jour ton « tracker épargne », p. 73.**

Mon calendrier du mois de ....

Lundi	Mardi	Mercredi	Jeudi

Mes imprévus et nouvelles dépenses à anticiper

Note en page de droite tes imprévus au fur et à mesure du mois et donne une note sur 5 de l'imprévisibilité de chaque évènement. On fera de même avec les nouvelles dépenses qui se profilent à l'horizon (ta cousine qui t'annonce son mariage, un voyage scolaire, etc.). Ajoute-les dans ton calendrier « Mon année sans imprévus » pp. 60-61.

Vendredi	Samedi	Dimanche

Nouvelles dépenses à anticiper

- ....
- ....
- ....

Les imprévus

- ....
- ....
- ....

Mois de ....

Bilan mensuel

MÉTÉO DE MES FINANCES

GLOBAL ☼ ☼ ☼ ☼ ☼

ÉPARGNE ◇ ◇ ◇ ◇ ◇

Les imprévus

- ○ ....
- ○ ....
- ○ ....

MON REVENU

.... €

Charges fixes

PRÉVU	RÉEL	BALANCE
.... €	.... €	.... €

balance = prévu-réel

Charges variables essentielles

PRÉVU	RÉEL	BALANCE
.... €	.... €	.... €

Épargne

PRÉVU	RÉEL	BALANCE
.... €	.... €	.... €

Charges exceptionnelles

PRÉVU	RÉEL	BALANCE
.... €	.... €	.... €

Argent de poche

PRÉVU	RÉEL	BALANCE
.... €	.... €	.... €

Analyse budgétaire

3 POINTS POSITIFS

....

....

....

....

3 POINTS DE VIGILANCE

....

....

....

....

Mon plan d'action sur les points de vigilance

....

....

....

....

....

....

....

....

....

Mois de

....

La thématique du mois

L'Eurorespect

Si tu ne connais pas ce mot, c'est tout à fait normal, je l'ai inventé ! J'avais besoin de ce terme pour exprimer quelque chose d'important : **la reconnaissance financière**.

Ce terme m'est venu en pensant aux personnes, trop nombreuses, qui travaillent pour la gloire, et force est de constater qu'il s'agit bien souvent de femmes. À travers mon contenu, j'essaie de vous rappeler régulièrement que c'est notre devoir de veiller à ce que notre rémunération soit en adéquation avec le travail fourni dans le cadre de notre activité professionnelle. Prendre de nouvelles responsabilités, étendre son périmètre de compétences, créer et manager une équipe... toutes ces évolutions doivent se refléter sur la fiche de paie (ou les factures pour les indépendant(e)s). Je sais que le sujet des négociations salariales n'est pas le sujet préféré des personnes qui travaillent pour la gloire, mais il faudra en passer par là – les factures ne vont pas se payer avec des « bravo ». Et pour la team fonction publique qui est déjà en train de se désolidariser (« Ah ce sujet-là, ce n'est pas pour moi parce que les grilles salariales, bla-bla-bla »), vous avez des moyens d'agir sur votre rémunération, mais, bien entendu, cela ne va pas tomber tout cuit (concours, changement de structure et même une mise à disposition pour booster votre salaire de façon temporaire).

En tout cas, s'il y a une chose à bien retenir, c'est la suivante : on n'est plus à l'école, personne ne va nous donner spontanément une image (promotion ou augmentation) parce qu'on a bien travaillé. Je ne dis pas que cela n'arrive jamais dans le monde du travail, mais ça n'a absolument rien d'automatique. On peut enchaîner les 10/10 sans que cela impacte le virement en fin de mois. Oui, ton manager, patron, peut très bien te donner des félicitations et témoigner du respect pour ton travail, mais ce que tu dois aller chercher, c'est ton Eurorespect ! Une tape sur l'épaule, c'est bien ; se faire payer à sa juste valeur, c'est mieux.

Je vous ai beaucoup parlé de l'Eurorespect sous la forme de la rémunération, mais, en fait, c'est quelque chose d'un peu plus large que cela. Il s'exprime à plusieurs niveaux.

Respecte tes compétences en te faisant rémunérer correctement

La rémunération, que ce soit le fruit d'une activité salariée ou entrepreneuriale, est la première source d'Eurorespect. Et, détrompe-toi, ce n'est pas parce que tu es entrepreneur(e) que tu as ton Eurorespect, bien au contraire. Au moins, le salarié peut s'accrocher à une grille de salaires et aux lois qui encadrent sa rémunération. L'entrepreneur(e), au contraire, peut glisser sous la barre du SMIC horaire sans s'en rendre compte et sans filet de protection. Autre point, dans le travail par exemple, les promotions qui sont des titres honorifiques avec modification de la carte de visite mais pas de la fiche de paie : c'est non ! EDF n'accepte pas encore les « Félicitations, Sandrine » et « Je parlerai de toi à mes amies » comme mode de paiement.

Alors que l'on traverse une période d'inflation inédite depuis les années 1970, il est plus qu'important de prendre ce sujet à bras-le-corps, sauf si tu veux te retrouver dernier(ère) de la classe alors que tu travailles de façon exemplaire. C'est bien beau de vouloir chercher un rendement au niveau de ses placements, mais **la seule véritable arme anti-inflation reste la rémunération**. C'est là que tu dois concentrer tes efforts pour ne pas te laisser submerger par la hausse des prix.

Respecte ton travail et tes efforts dans ta façon de dépenser

À moins que tu ne sois héritièr(e), tu as travaillé pour obtenir ton argent, tu ne l'as pas ramassé à terre. L'Eurorespect, c'est dépenser son argent dans des produits ou services de qualité (pas forcément luxueux), qui vont durer dans le temps, au lieu d'acheter une tonne de trucs ultra-*cheap*, qu'il s'agisse de vêtements, décoration, maquillage, etc. Tu mérites mieux !

Respecte ton temps

Il est essentiel de bien connaître les ordres de grandeur qui méritent notre attention ainsi que notre temps (poke à la *team* centimes). Que tu le veuilles ou non, le temps c'est de l'argent. Si c'est trop dur à avaler, je te propose sa phrase miroir : l'argent, c'est du temps. Quand tu passes du temps à faire quelque chose – chasser les promotions, négocier deux euros ou même parfois faire le ménage (oui, oui, tu n'es pas toujours gagnant(e) à faire le ménage gratuitement par toi-même) –, est-ce que cela respecte la valeur de ton temps ? Subtil mais tout aussi important !

Ressources

- Podcast Ma juste valeur, d'Insaff El Hassini
- Instagram @powher_ta_carriere, de Sarah Zitouni
- *Aux thunes, citoyennes !* de Héloïse Bolle et Insaff el Hassini (éd. Alisio)

À la conquête de l'Eurorespect

Définis 3 actions à mettre en place dans les 3 mois à venir pour aller chercher ton Eurorespect (les résultats peuvent arriver après, mais les actions doivent être réalisables et réalisées dans les 3 mois).

Action 1

....

date : ..../........../20........

Action 2

....

date : ..../........../20........

Action 3

....

date : ..../........../20........

Mois de ....

Mes intentions pour le mois

Mes intentions pour ce mois et mon analyse tirée de la théma-tique du mois.

Ma liste d'envies et de dépriorisation

Ici, tu vas lister au fil du mois les choses qui te font envie mais qui n'étaient pas prévues au budget. Ainsi, tu te donnes le temps de la réflexion pour garder ton argent pour les choses qui sont vraiment importantes pour toi.

Mon point épargne à date

Date :

Support	Projet / Objectif	Montant	Évolution +/-	% du total
	Total de mon épargne à date	.... €	.... €	.... %

Remplis ensuite ton camembert pour voir la répartition de ton épargne.

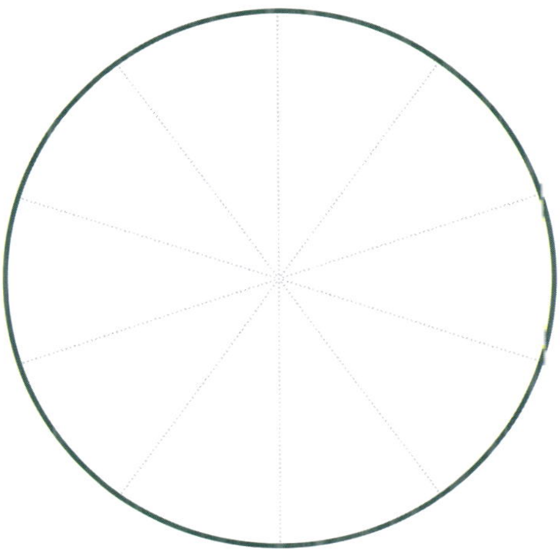

➔ **Mets également à jour ton « tracker épargne », p. 73.**

Mon calendrier du mois de ....

Lundi	Mardi	Mercredi	Jeudi

Mes imprévus et nouvelles dépenses à anticiper

Note en page de droite tes imprévus au fur et à mesure du mois et donne une note sur 5 de l'imprévisibilité de chaque évènement. On fera de même avec les nouvelles dépenses qui se profilent à l'horizon (ta cousine qui t'annonce son mariage, un voyage scolaire, etc.). Ajoute-les dans ton calendrier « Mon année sans imprévus » pp. 60-61.

Vendredi	Samedi	Dimanche

Nouvelles dépenses à anticiper

- ....
- ....
- ....

Les imprévus

- ....
- ....
- ....

Mois de ....

Bilan mensuel

MÉTÉO DE MES FINANCES

GLOBAL

ÉPARGNE

Les imprévus

- ....
- ....
- ....

Charges fixes

PRÉVU	RÉEL
.... €	.... €

BALANCE .... €

balance = prévu-réel

Charges variables essentielles

PRÉVU	RÉEL
.... €	.... €

BALANCE .... €

MON REVENU

.... €

Épargne

PRÉVU	RÉEL
.... €	.... €

BALANCE .... €

Charges exceptionnelles

PRÉVU	RÉEL
.... €	.... €

BALANCE .... €

Argent de poche

PRÉVU	RÉEL
.... €	.... €

BALANCE .... €

Analyse budgétaire

3 POINTS POSITIFS

....

....

....

....

3 POINTS DE VIGILANCE

....

....

....

....

Mon plan d'action sur les points de vigilance

....

....

....

....

....

....

....

....

....

Mois de

....

La thématique du mois

Se libérer du bruit et penser par soi-même

Je vais commencer cet article par une citation que j'ai découverte il y a seulement quelques mois mais qui représente bien ce que j'essaie de faire à travers l'univers Mon budget Bento.

« Je ne peux rien enseigner à personne, je ne peux que les faire réfléchir. » Socrate

Mon but n'est pas de te transformer en crack de la finance, mais juste de te donner les outils nécessaires pour développer ton esprit critique et construire ta propre réflexion vis-à-vis de tes finances afin de prendre des décisions en toute autonomie. Bien entendu, en prenant conseil auprès de professionnels. Mais pour avoir une discussion de qualité, que ce soit avec ta banquière, un conseiller en gestion de patrimoine ou tonton Paul (le mythomane) pendant les repas de famille, il est important d'avoir des bases et de savoir faire un pas de recul... Avec le temps et l'expérience, tu pourras identifier de plus en plus facilement les produits et stratégies qui te correspondent et celles qui ne te sont pas adaptées.

Connais-toi toi-même

En ce qui concerne les finances, il y a peu de vérités absolues car chaque décision est toujours un faisceau de plusieurs éléments dont certains dépendent de nous et d'autres pas du tout. Voici quels aspects tu dois prendre en compte quand tu souhaites réfléchir à ta stratégie financière :

- **ta situation professionnelle :** étudiant(e), salarié(e), indépendant(e), retraité(e),
- **ta situation familiale :** célibataire, en couple, avec ou sans enfants, parents dépendants financièrement ou, au contraire, qui peuvent aider,
- **ta situation patrimoniale :** revenus, épargne, immobilier, placements financiers, patrimoine familial,
- **le contexte économique :** inflation, chômage, prix de l'immobilier, taux d'emprunt, rendement des supports sécurisés...
- **ton âge :** ton propre âge, mais aussi celui de tes enfants et de tes parents !
- **ta personnalité :** es-tu quelqu'un de prudent ou qui aime plutôt prendre des risques ? Te définis-tu comme une personne curieuse, pépère, ambitieuse, anxieuse, etc. ?

Tu l'auras compris : il faut que tu apprennes à te connaître plutôt que de chercher à faire un vieux copier-coller d'une stratégie vue sur YouTube, mise en place par quelqu'un dont tu n'as jamais vu le compte en banque. Et ce n'est pas pour pointer du doigt les personnes qui partagent leur expérience sur les réseaux, puisque j'en fais partie, mais simplement pour te rappeler que ta situation est particulière et que la probabilité que tu trouves quelqu'un dans une situation identique à la tienne est quasi nulle. C'est pourquoi tu dois avoir une vision claire d'où tu es et où tu ambitionnes d'aller (ce qui n'empêche pas de changer de direction en chemin). C'est ton premier rempart contre le « bruit ».

Soigne ton entourage

« Tu es folle ! » C'est ce que m'a répondu mon père quand je lui ai dit que je reprendrais mes études en école de commerce après ma grossesse. Ce qu'il faut entendre : « À ta place, il faudrait que j'aie perdu la tête pour décider de faire une chose pareille » – mais je ne suis pas mon père et je savais exactement quel était mon plan et je m'y suis tenue. Un an de coupure et je repartais sur les bancs de l'école pour un Master en alternance ! Heureusement, mon père est plutôt taciturne, donc il ne m'a jamais redit ces mots-là (qui étaient plus l'expression de sa surprise que le fait de penser que je n'allais pas y arriver). Mais si ça avait été le genre de personne à ressasser et à vouloir me remplir la tête avec ce genre de pensées, j'aurais peut-être fini par me dire : « Mais oui, je suis folle de vouloir reprendre mes études avec un enfant en bas âge. » Et quelle ERREUR j'aurais faite de me détourner de mon projet, puisque je l'ai mené à bien pour obtenir le job et le salaire que je voulais (#Eurorespect, tu te souviens ?).

Cette anecdote pour te rappeler combien il est important de bien choisir les personnes qui t'entourent, surtout si elles sont bavardes 🙂. Si tu passes le plus clair de ton temps avec ce(tte) pote qui est tout le temps en train de râler, de se plaindre, de critiquer, il ne faudra pas t'étonner de t'entendre à ton tour déverser ce type de paroles et devenir cette personne qui voit toujours le verre à moitié vide et qui trouve des problèmes à chaque solution qu'on lui présente.

Prends un temps pour analyser ton journal d'appels et tes messages WhatsApp. Qui sont les personnes avec lesquelles tu échanges le plus et celles avec qui tu as les conversations les plus riches ? Et j'en profite pour rebondir sur le mot « riche ». L'entourage est une richesse, dont la valeur est inestimable si l'on a créé le bon environnement. Celui qui est propice à notre développement, qui nous permet de grandir et de naviguer au mieux dans cette vie de fous.

En conclusion, si :

1. tu es au clair sur tes objectifs personnels « personnellement personnalisés » (pas copiés-collés),

2. tu t'es choisi un entourage de qualité,

... je peux t'assurer qu'il y aura beaucoup moins de grésillements quand tu vas vouloir penser ta stratégie et mettre en place des actions pour prendre soin de ton argent et, bien plus important : de tes projets !

Les parents

Quand il s'agit du bruit, les parents même les mieux intentionnés peuvent devenir assourdissants. Autant je trouve que les conseils sur les relations humaines sont assez intemporels (je ne sais pas ce que tu en penses), autant les conseils financiers… sont vraiment à prendre avec des pincettes. Certaines règles n'ont aucune date de péremption, comme l'importance d'avoir de l'épargne. En revanche, d'autres aspects comme la gestion de la carrière, les placements… bon, comme dirait MC Solaar, « Les temps changent », et il disait ça en 1998. « Si tu comptes en années, tu verras que ça date » (c'est une phrase de la chanson). Donc, lorsque les parents ou grands-parents t'expliquent le meilleur placement qu'ils ont fait en 1970 ou 1990… c'est une information à remettre dans le filtre du contexte socio-économique actuel, ta réalité, tes priorités et tes valeurs !

Mois de ....

Mes intentions pour le mois

Mes intentions pour ce mois et mon analyse tirée de la thématique du mois.

Ma liste d'envies et de dépriorisation

Ici, tu vas lister au fil du mois les choses qui te font envie mais qui n'étaient pas prévues au budget. Ainsi, tu te donnes le temps de la réflexion pour garder ton argent pour les choses qui sont vraiment importantes pour toi.

Mon point épargne à date

Date :

Support	Projet / Objectif	Montant	Évolution +/-	% du total
	Total de mon épargne à date	……….. €	……….. €	……….. %

Remplis ensuite ton camembert pour voir la répartition de ton épargne.

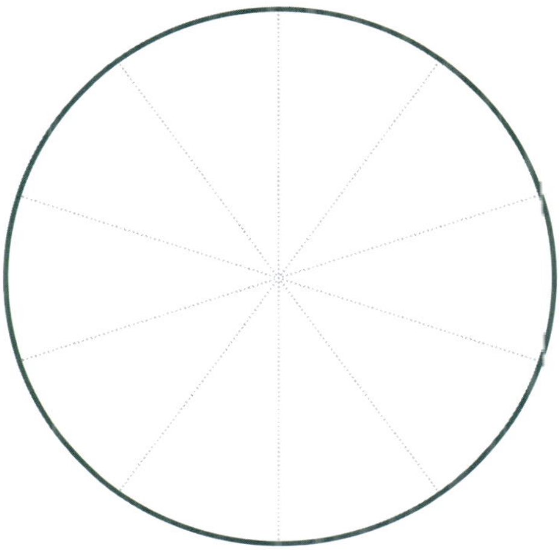

➜ Mets également à jour ton « tracker épargne », p. 73.

Mon calendrier du mois de ....

Lundi	Mardi	Mercredi	Jeudi

Mes imprévus et nouvelles dépenses à anticiper

Note en page de droite tes imprévus au fur et à mesure du mois et donne une note sur 5 de l'imprévisibilité de chaque évènement. On fera de même avec les nouvelles dépenses qui se profilent à l'horizon (ta cousine qui t'annonce son mariage, un voyage scolaire, etc.). Ajoute-les dans ton calendrier « Mon année sans imprévus » pp. 60-61.

Vendredi	Samedi	Dimanche

Nouvelles dépenses à anticiper

- ....
- ....
- ....

Les imprévus

- ....
- ....
- ....

Mois de ....

Bilan mensuel

MÉTÉO DE MES FINANCES

GLOBAL ☼ ☼ ☼ ☼ ☼

ÉPARGNE ◇ ◇ ◇ ◇ ◇

Les imprévus

- ....
- ....
- ....

MON REVENU

.... €

Charges fixes

PRÉVU	RÉEL
.... €	.... €

BALANCE .... €

balance = prévu-réel

Charges variables essentielles

PRÉVU	RÉEL
.... €	.... €

BALANCE .... €

Épargne

PRÉVU	RÉEL
.... €	.... €

BALANCE .... €

Charges exceptionnelles

PRÉVU	RÉEL
.... €	.... €

BALANCE .... €

Argent de poche

PRÉVU	RÉEL
.... €	.... €

BALANCE .... €

Analyse budgétaire

3 POINTS POSITIFS

....

....

....

....

3 POINTS DE VIGILANCE

....

....

....

....

Mon plan d'action sur les points de vigilance

....

....

....

....

....

....

....

....

....

PROJECTION
À 3 MOIS

Mes objectifs pour les trois prochains mois

Tous les trois mois, faisons un point sur tes objectifs pour continuer d'avancer à ton rythme, ajuster et corriger ce qui a besoin de l'être. N'oublie pas qu'un objectif doit être **SMART** :

- **S**pécifique (donne des détails),
- **M**esurable (trouve un indicateur en euros, en pourcentage, en durée, comme tu veux),
- **A**mbitieux (on y va pour de vrai, la modestie, c'est pour faire joli),
- **R**éaliste (à l'impossible nul.le n'est tenu.e),
- limité dans le **T**emps (on veut une date, autrement c'est une intention, pas un objectif).

Mois et objectifs	Chiffres clés
Mois :	

Mois et objectifs	Chiffres clés
Mois :	
Mois :	

Mois de

La thématique du mois

Investissement : Bourse versus immobilier

Nous sommes au onzième mois de rééquilibrage budgétaire (on dirait qu'on fait une cure détox) et normalement ton budget doit avoir repris du poil de la bête. Comment le savoir ? Tu as de l'épargne, voire une épargne florissante si tu partais déjà d'une base saine. Maintenant que tu peux chanter du Booba – « Ma question préférée, qu'est-ce j'vais faire de toute cette oseille ? » –, on ne va pas laisser ton argent dormir sur un compte courant, on va essayer de le mettre au travail.

On a déjà parlé des différents types d'épargne (p. 26) : épargne de précaution et provisions. Il est donc temps de se pencher sur les placements. L'objectif d'un placement, c'est d'aller chercher de la rentabilité : pour 100 euros placés, je souhaite en récupérer 101, 110, voire plus ! Plus le gain potentiel est important, plus le risque l'est aussi. Oui, c'est vrai, ce serait beaucoup plus simple si l'on pouvait prendre zéro risque pour un potentiel de gain énorme, mais non ! D'ailleurs, si l'on te promet un rendement de dingue avec un capital GA-RAN-TI, c'est que la perte sera au rendez-vous.

Quand on parle d'investissement, les deux grands domaines les plus connus sont la Bourse (les marchés financiers) et l'immobilier. Les cryptomonnaies ne sont pas échangées sur les marchés financiers, mais leur prix répond à la même logique que les produits financiers, c'est-à-dire qu'il varie en fonction de l'offre et de la demande, mais la comparaison s'arrête là.

Les autres types d'investissement moins communs et que je ne vais pas détailler aujourd'hui :

- le *private equity* : on entre au capital d'entreprises à fort potentiel qui ne sont pas (encore) cotées en Bourse. Par le passé, ce type de placement était réservé aux « initiés », mais c'est un produit qui se démocratise de plus en plus,

- le *crowdfunding* (financement participatif). En mode prêt ou en mode *equity* avec l'achat de parts du capital de l'entreprise ou d'obligations. On peut également faire de l'immobilier en *crowdfunding*. Ce qu'il faut savoir lorsque l'on investit ainsi, c'est que l'on est sur des entreprises ou projets encore en développement qui peuvent ne pas atteindre leurs objectifs et faire faillite. Les plateformes qui offrent ce type de produits font des présélections, mais ça reste à explorer avec précaution (pas avec ton épargne de précaution). 😉

- autres produits de placement (en vrac, liste non exhaustive) : l'or, les œuvres d'art, les montres, le vin et autres produits de luxe.

Mais revenons à nos deux suspects : la Bourse et l'immobilier. Chacun a ses avantages et ses inconvénients.

Ticket d'entrée : Bourse 1 - Immobilier 0

La première différence entre la Bourse et l'immobilier est le « ticket d'entrée », c'est-à-dire le montant nécessaire pour se lancer dans ce type d'investissement. C'est très variable pour les produits financiers. Une action, par exemple, peut commencer à un prix très bas, même pas 10 euros. Dans l'immobilier, ce sera différent. Pour acheter un bien, il faudra débourser plusieurs dizaines, voire centaines de milliers d'euros.

Effet de levier : Bourse 0 - Immobilier 1

L'effet de levier est le mécanisme par lequel tu gagnes de l'argent sur un montant qui ne sort pas de ta poche. Cela est possible grâce au crédit. Ainsi, au lieu de gagner 4 ou 5 % sur 3 000 euros, tu peux gagner ces 4 ou 5 % sur 100 000 euros ou plus. Bien sûr, il faut prendre en compte le taux du crédit pour faire ce calcul, mais j'espère que tu as compris le principe. À l'inverse, lorsqu'il s'agit de placement financier, tu devras partir de tes propres deniers, ton gain sera donc proportionnel à ta capacité à injecter des fonds.

Rentabilité : Bourse - Immobilier ex æquo

Dans l'immobilier, le rendement se situera entre 3 et 10 % (je dis ça à la louche, mais c'est pour te donner un ordre d'idée) en fonction de ton taux d'emprunt et du type d'immobilier que tu fais : location nue, meublée, étudiant, courte durée, etc.

Dans les produits financiers, la rentabilité est beaucoup plus aléatoire. En effet, tu peux aller chercher un gros rendement en profitant des variations de prix, mais en acceptant de prendre beaucoup de risques et parfois engranger des pertes.

Ce qui me permet d'enchaîner sur le prochain élément.

Volatilité : Bourse 0 - Immobilier 1

Sur les marchés financiers, on est tributaire de la météo financière. Le prix des produits est fonction de l'offre et de la demande. Si la demande est supérieure à l'offre, les prix montent ; si elle est inférieure, ils baissent (en gros). Cette demande peut être impactée par le contexte géopolitique, économique (par exemple, la crise de la Covid), mais aussi par l'actualité d'un secteur ou d'une entreprise en particulier (je pense à l'action Tesla qui monte et descend en fonction des tweets d'Elon Musk). Un titre peut valoir 20 euros à 8 heures, 22 euros à 12 heures et 18 euros à 16 heures. Ces variations de prix s'appellent la volatilité. Plus les variations sont intenses, plus l'AMF considérera le produit comme risqué. Cependant, garde en tête que ce qui fixe un gain ou une perte est la différence entre le prix d'achat et le prix de vente. Tout ce qui se passe entre-temps reste virtuel, pas la peine de paniquer quand ton portefeuille varie de 5 euros. L'immobilier est beaucoup plus stable en termes de prix.

Liquidité : Bourse 1 - Immobilier 0

La liquidité est la facilité avec laquelle tu peux récupérer ton argent. Entre faire des diagnostics, passer une annonce, trouver un acheteur, acheteur qui doit obtenir son financement, passer chez le notaire et, finalement, avoir l'argent sur son compte en banque ET cliquer sur un bouton pour vendre ton action en moins d'une minute (à condition de vendre au prix du marché)... y a pas photo. En revanche, vendre vite une action ne veut pas dire qu'on a fait une plus-value ! Donc, techniquement, c'est plus liquide, mais financièrement, on peut être contraint(e) d'attendre un cours plus favorable.

Recette facile pour perdre de l'argent en Bourse

Les ingrédients dont tu auras besoin :

- 300g de naïveté (étape 1)
- 40cl de déni (étape 2)
- 5 cuillères à café de confusion (étape 3)
- 1 bonne dose d'arrogance (étape 4)

Étape 1 : Place de l'argent dont tu as besoin et sors-le au pire moment car tu es dos au mur (c'était ton épargne de précaution).

Étape 2 : Viens en mode «Livret A»: panique et vends à la moindre variation négative.

Étape 3 : Utilise des produits très volatiles pour des projets à court terme et sors ton argent au mauvais moment car ton projet est arrivé à échéance en pleine baisse des marchés.

Étape 4 : Joue au trader et essaye de gagner un maximum d'argent en un minimum de temps sans avoir aucune idée de ce que tu fais. Perte assurée en moins de temps qu'il ne faut pour le dire.

Mois de ....

Mes intentions pour le mois

Mes intentions pour ce mois et mon analyse tirée de la thématique du mois.

Ma liste d'envies et de déprioriosation

Ici, tu vas lister au fil du mois les choses qui te font envie mais qui n'étaient pas prévues au budget. Ainsi, tu te donnes le temps de la réflexion pour garder ton argent pour les choses qui sont vraiment importantes pour toi.

Mon point épargne à date

Date :

Support	Projet / Objectif	Montant	Évolution +/-	% du total
	Total de mon épargne à date	.... €	.... €	.... %

Remplis ensuite ton camembert pour voir la répartition de ton épargne.

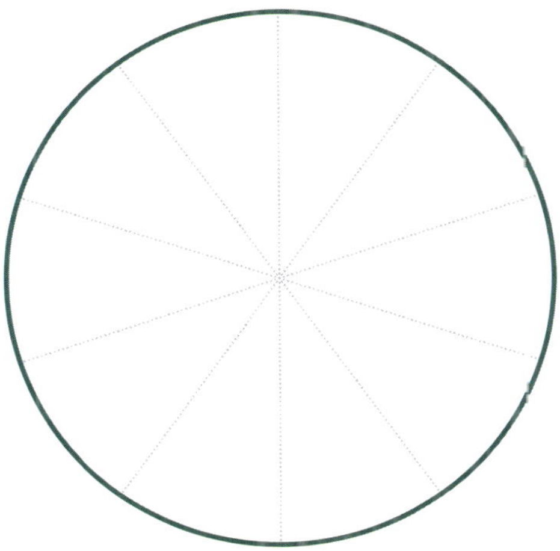

➜ **Mets également à jour ton « tracker épargne », p. 73.**

Mon calendrier du mois de ....

Lundi	Mardi	Mercredi	Jeudi

Mes imprévus et nouvelles dépenses à anticiper

Note en page de droite tes imprévus au fur et à mesure du mois et donne une note sur 5 de l'imprévisibilité de chaque évènement. On fera de même avec les nouvelles dépenses qui se profilent à l'horizon (ta cousine qui t'annonce son mariage, un voyage scolaire, etc.). Ajoute-les dans ton calendrier « Mon année sans imprévus » pp. 60-61.

Vendredi	Samedi	Dimanche

Nouvelles dépenses à anticiper

- ....
- ....
- ....

Les imprévus

- ....
- ....
- ....

Mois de ....

Bilan mensuel

MÉTÉO DE MES FINANCES

GLOBAL ☼ ☼ ☼ ☼ ☼

ÉPARGNE ◇ ◇ ◇ ◇ ◇

Les imprévus

- ○ ....
- ○ ....
- ○ ....

Charges fixes

PRÉVU .... €

RÉEL .... €

BALANCE .... €

balance = prévu-réel

Charges variables essentielles

PRÉVU .... €

RÉEL .... €

BALANCE .... €

MON REVENU

.... €

Charges exceptionnelles

PRÉVU .... €

RÉEL .... €

BALANCE .... €

Épargne

PRÉVU .... €

RÉEL .... €

BALANCE .... €

Argent de poche

PRÉVU .... €

RÉEL .... €

BALANCE .... €

Analyse budgétaire

3 POINTS POSITIFS

....

....

....

....

3 POINTS DE VIGILANCE

....

....

....

....

Mon plan d'action sur les points de vigilance

....

....

....

....

....

....

....

....

....

Mois de

....

La thématique du mois

La retraite : pas si loin qu'on l'imagine...

Pendant mon voyage en Égypte, lors de ma visite de Louxor, dans la Vallée des Rois, j'ai appris que les pharaons commençaient à faire creuser leur tombeau dès leur accession au trône. Je sais... c'est un peu glauque, mais c'est inspirant !

Les temps de la retraite

Introduction : la vie active

La retraite : plus tu prends le temps d'y penser tôt, moins la tâche sera ardue. Car il ne faut pas se leurrer : l'époque de la « petite retraite confortable » payée par l'État est révolue depuis un bon moment. Notamment pour les personnes qui ont connu de nombreuses périodes d'inactivité (au sens de salariat) et les indépendant(e)s (free-lance, professions libérales, chefs d'entreprise, etc.) qui doivent fournir un effort personnel pour s'assurer une retraite décente.

Je t'arrête tout de suite si tu penses qu'il te suffira de réduire ton train de vie. N'oublie pas notre amie Inflation. Avec cette stratégie, ce n'est plus d'un train de vie dont on va parler, mais d'un vélo de vie ! Je rigole... mais prenons le sujet un minimum au sérieux. Parce que la retraite, c'est une histoire en deux chapitres.

Chapitre I : la retraite cool

Comme « troisième âge », ça sonnait un peu ringard, les retraité(e)s ont été rebaptisé(e)s les « seniors ». Et c'est vrai que ça leur va mieux, car, même si l'âge avance, les 60-70 ans sont en fait assez fringants ! Ils ont la pêche pour s'occuper de leurs petits-enfants, voyager, faire des petites sorties, des cadeaux – en gros, profiter de la vie ! On ne va pas se mentir, ce tableau idyllique concerne plutôt les personnes en couple qui ont fini de rembourser leur crédit immobilier. Pour les petits revenus, les célibataires et les locataires, ce n'est pas exactement la même chanson, mais ça peut aussi très bien se passer.

Chapitre II : du troisième âge au quatrième âge, le virage qui coûte cher

Avec l'allongement de l'espérance de vie, le groupe du quatrième âge est en fort développement. Il se caractérise par une notion de dépendance. C'est un sujet qui doit intéresser même les plus jeunes, car, lorsqu'un parent devient dépendant, la solidarité générationnelle doit intervenir. De nombreuses personnes n'ont pas les moyens de se payer une maison de retraite ou des soins à domicile. Même si l'on est en capacité d'accueillir un aîné à la maison, certaines maladies invalidantes – comme Alzheimer – demandent une surveillance continue pour éviter accidents et disparitions. Et puis, qui va payer quoi ?

L'idée, dans tout ça ? Mettre en place aujourd'hui des actions dont tu pourras tirer des bénéfices à l'âge de la retraite.

Les outils pour préparer sa retraite

Le plan épargne retraite (PER)

Le PER est un outil qui te permet d'épargner spécifiquement pour ta retraite. Il existe en trois « versions » :

- PER individuel,
- PER d'entreprise collectif,
- PER d'entreprise obligatoire.

Depuis 2019, les PER sont transférables, c'est-à-dire que tu peux mettre l'argent de ton PER individuel sur ton PER d'entreprise, et inversement. Tu peux également transférer les fonds de ton ancienne boîte vers un nouvel employeur.

- **Plafond :** aucun ! Tu peux mettre 1 million d'euros de côté pour ta retraite si tu veux 🙄 .

Le site info-retraite.fr

Fonce d'abord sur le site info-retraite.fr : tu pourras voir le nombre de trimestres que tu as déjà cotisés, vérifier que toutes tes périodes d'activité sont bien répertoriées et, surtout, accéder à une estimation de ta retraite.

Il faut savoir que, pour accéder à la retraite à taux plein, il faut non seulement atteindre un certain âge, mais également avoir cotisé un nombre de trimestres dans ta carrière. Concernant le privé, l'État prend en compte les revenus perçus pendant tes trois dernières réincarnations pour être sûr de te payer le minimum . Dans le public, il ne retient que quelques mois, mais comme il est assuré de te payer un minimum tout au long de ta carrière, le résultat est le même. D'où le montant parfois dérisoire des retraites. C'est pourquoi il est important que tu ailles chercher ton Eurorespect au niveau professionnel car ta rémunération passée, actuelle et à venir va directement déterminer ton revenu pour les vingt dernières années de ta vie. Et vingt ans, c'est long.

L'estimation comprend deux informations clés :

- l'âge de départ à la retraite et la date correspondante. Attention : partir à l'âge légal ne veut pas dire bénéficier obligatoirement de sa retraite à taux plein car l'État applique une décote (un rabais) si on n'a pas cotisé tous ses trimestres. Pour une cotisation complète, on parle d'« âge de départ à taux plein *automatique* »,
- le montant de ta retraite basé sur une projection d'évolution de ton salaire. Plus tu es jeune, plus c'est hypothétique, mais ça donne une tendance.

Fiscalité : la spécificité du PER est qu'il te permet (sur option) de défiscaliser en déduisant tes versements volontaires de ton revenu imposable. Attention, car les montants déduits lors du versement seront imposés lorsque tu les ressortiras au moment de la retraite ou en cas de sortie anticipée. Et il n'y a qu'une sortie anticipée *positive* : l'achat d'une résidence principale, tout le reste est de l'ordre de l'apocalypse financière : fin de droits de chômage, surendettement, invalidité, décès du conjoint, liquidation judiciaire.

- **Accessibilité :** une fois arrivé(e) à la retraite, tu pourras recevoir ton argent :

— **« en capital » :** tu perçois une grosse somme d'argent en une seule fois ou de façon fractionnée,

— **« en rente viagère » :** tu perçois à vie une somme calculée sur la base de l'épargne constituée.

L'immobilier

La résidence principale peut financer la retraite de trois façons :

- économiser un loyer (il restera uniquement des charges à payer),
- générer un revenu complémentaire (le loyer, donc) en cas de placement en maison de retraite,
- toucher un capital en la revendant pour acheter plus petit et placer le reste ou, en cas de départ en maison de retraite, générer une rente avec l'argent placé ou utiliser progressivement le capital.

Pour la partie investissement locatif, l'idée est d'avoir fini de rembourser son crédit à la retraite et d'utiliser les revenus locatifs comme complément de retraite. Donc, idéalement, il faut y penser une vingtaine d'années à l'avance.

La société civile de placement immobilier (SCPI) (voir p. 112)

C'est une façon de faire de l'immobilier sans effort et avec des budgets moins conséquents. Les SCPI reversent une fraction de loyer en fonction du nombre de parts que l'on détient. Il est possible d'acheter des parts à crédit ou comptant. Je le mets ici car c'est un produit basé sur le marché immobilier et qui offre donc plus de stabilité que les marchés financiers qui peuvent varier très fortement. Cependant, il existe un risque de perte en capital lorsque l'on investit en SCPI.

Les placements financiers

Bien entendu, une fois à la retraite, tu pourras solliciter les placements financiers que tu auras mis en place pendant ta vie active. Tout comme le PER, l'assurance vie et le PEA (plan d'épargne en actions) te permettent de sortir en rente viagère.

Mois de ....

Mes intentions pour le mois

Mes intentions pour ce mois et mon analyse tirée de la théma-tique du mois.

Ma liste d'envies et de dépriorisation

Ici, tu vas lister au fil du mois les choses qui te font envie mais qui n'étaient pas prévues au budget. Ainsi, tu te donnes le temps de la réflexion pour garder ton argent pour les choses qui sont vraiment importantes pour toi.

Mon point épargne à date

Date :

Support	Projet / Objectif	Montant	Évolution +/-	% du total
	Total de mon épargne à date	.... €	.... €	.... %

Remplis ensuite ton camembert pour voir la répartition de ton épargne.

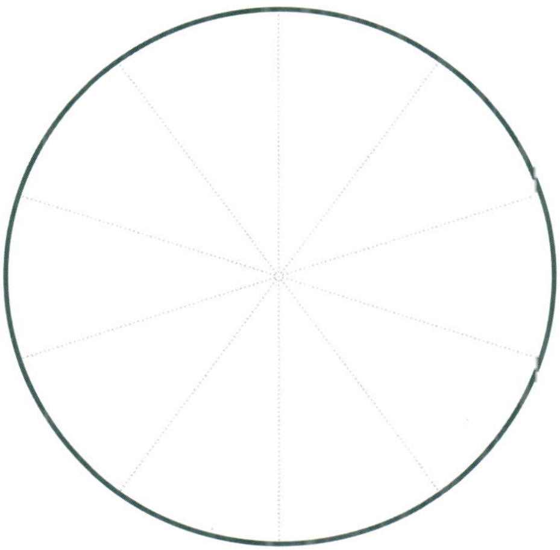

➔ Mets également à jour ton « tracker épargne », p. 73.

Mon calendrier du mois de ....

Lundi	Mardi	Mercredi	Jeudi

Mes imprévus et nouvelles dépenses à anticiper

Note en page de droite tes imprévus au fur et à mesure du mois et donne une note sur 5 de l'imprévisibilité de chaque évènement. On fera de même avec les nouvelles dépenses qui se profilent à l'horizon (ta cousine qui t'annonce son mariage, un voyage scolaire, etc.). Ajoute-les dans ton calendrier « Mon année sans imprévus » pp. 60-61.

Vendredi	Samedi	Dimanche

Nouvelles dépenses à anticiper

- ....
- ....
- ....

Les imprévus

- ....
- ....
- ....

Mois de ....

Bilan mensuel

MÉTÉO DE MES FINANCES

GLOBAL ☼ ☼ ☼ ☼ ☼

ÉPARGNE ◇ ◇ ◇ ◇ ◇

Les imprévus

- ....
- ....
- ....

MON REVENU

.... €

Charges fixes

PRÉVU	RÉEL
.... €	.... €

BALANCE .... €

balance = prévu-réel

Charges variables essentielles

PRÉVU	RÉEL
.... €	.... €

BALANCE .... €

Épargne

PRÉVU	RÉEL
.... €	.... €

BALANCE .... €

Argent de poche

PRÉVU	RÉEL
.... €	.... €

BALANCE .... €

Charges exceptionnelles

PRÉVU	RÉEL
.... €	.... €

BALANCE .... €

Analyse budgétaire

3 POINTS POSITIFS

....

....

....

....

3 POINTS DE VIGILANCE

....

....

....

....

Mon plan d'action sur les points de vigilance

....

....

....

....

....

....

....

....

....

Mois de

La thématique du mois

Solidarité et dons

Impossible pour moi de vous parler d'argent sans parler de solidarité.

Offrir les clés de la sérénité financière, c'est vraiment l'une des choses qui m'anime lorsque j'écris tout mon blabla. Je voudrais que chaque personne puisse avoir le pouvoir sur ses finances et ne plus les subir, à cause de mauvaises habitudes, d'erreurs de gestion simples ou par manque d'éducation financière. Au terme de cette année ensemble, j'espère que tu te sens plus à l'aise avec le sujet de l'argent et des finances personnelles.

Si tu as bien travaillé, tu as peut-être remis ton budget sur les rails et fait grossir ton épargne pour avancer dans ta vie sans craindre le prochain imprévu. Peut-être que tu es même allé(e) chercher ton Eurorespect alors que tu n'avais pas négocié ton salaire depuis un siècle. En bref, tu es sûrement à un stade plus confortable qu'il y a un an (en tout cas, j'espère, sinon viens m'en toucher un mot sur Instagram).

La « bonne » générosité

Pour moi, il est aussi important d'avoir une pensée pour les personnes qui n'en sont pas encore là dans leur parcours, peut-être dans une phase sombre de leur vie et plus qu'une pensée : un geste. L'argent n'a pas vocation à être confisqué, il faut partager (comme à la maternelle). Et vraiment, s'il y avait une seule phrase à retenir, c'est qu'on ne s'est jamais appauvri en donnant (mais en prêtant, oui !).

Nous avons tou(te).s des causes qui nous tiennent à cœur, et cette sérénité financière qu'on s'est donné les moyens d'atteindre devrait normalement nous permettre de réaliser un don, même modeste. Il faut toujours se rappeler que l'on a la chance d'être en suffisamment bonne santé pour travailler et s'assurer un revenu par nos propres moyens.

Les dons en bref

Les dons sont éligibles à une réduction d'impôt, donc tu vas récupérer une partie de ton argent *via* une baisse de ton impôt sur le revenu.

Voici les différentes réductions prévues en fonction du type d'organisme que tu vas aider :

- organisme d'aide aux personnes en difficulté (repas, soins, logement) / organisme d'aide aux victimes de violence domestique (accompagnement, relogement) : 75 % jusqu'à 1 000 euros puis 66 %,

- dons aux cultes : 75 % jusqu'à 554 euros puis 66 %,

- organisme d'intérêt général ou reconnu d'utilité publique : 66 %.

Par exemple si je fais un don de 100 € à un organisme d'intérêt général, 66 € seront déduits de mes impôts. Le don ne m'aura coûté que 34 €.

La générosité toxique

Un dernier point qui a son importance concernant la générosité. Tout le monde connaît le dicton « Charité bien ordonnée commence par soi-même ». Après douze mois passés ensemble, je te recommande chaudement de toujours garder cet adage en tête. Tu dois sûrement te dire que j'ai un trouble dissociatif et que c'est Maeva qui a écrit le paragraphe précédent et Éva qui est en train d'écrire celui-ci, mais pas du tout ! (même si j'ai beaucoup aimé le livre *Les Mille et Une Vies de*

Billy Milligan dont s'inspire le film *Split* et qui ne lui rend pas du tout honneur).

Il faut bien différencier un don ponctuel (ou même mensuel) qui est pensé, réfléchi et budgété, d'une demande intempestive qui tombe de nulle part. Refuser une demande de prêt n'a rien d'égoïste. Voici plusieurs raisons plus que valables de ne pas prêter son argent :

- **Ne finance pas le *lifestyle* des autres.** Tu le sais, il y a des personnes qui empruntent pour s'assurer un certain train de vie : restaurants, vêtements à la mode, week-end à Marrakech et autres contenus instagramables, pendant que toi tu te fais des pâtes bolognaises pour la troisième fois de la semaine. Stop !
- **Ce n'est pas ton rôle d'assumer les erreurs et les mauvais choix financiers de ton entourage.** En leur prêtant de l'argent, tu les prives de l'occasion de se poser les bonnes questions. Si toi aussi tu es passé(e) par là, tu sais sans doute aujourd'hui qu'il est possible de redresser la barre en reprenant les choses en main. Mais ça commence à l'intérieur.
- **Tu as le droit de prioriser tes projets.** Pourquoi systématiquement sacrifier tes projets pour ceux des autres ? Comptes-tu dilapider le budget que tu souhaites consacrer à cette formation ou aux études de tes enfants pour satisfaire les *desiderata* des un(e)s et des autres ?
- **L'amour, le respect et la considération ne s'achètent pas** et ta valeur ne réside pas dans l'acceptation aveugle des sollicitations de ton entourage. Tu vaux bien plus que ça.
- **Pose-toi toujours la question suivante : est-ce que j'aide cette personne ?** Mon action (prêt/don) va-t-elle avoir un effet pérenne ou est-ce que je m'achète une bonne conscience ? On ne va pas se mentir, il y a peu de chances que la réponse soit la première option.

Vous connaissez le dicton (oui, encore un) sur le fait de plutôt apprendre à pêcher que de se voir donner un poisson. Au cours de cette année, tu as appris des choses sur les finances, mais surtout sur toi, tes habitudes de dépenses, tes schémas de pensée, ta relation à l'argent. C'est tout autant d'apprentissages que tu pourras partager avec la personne qui a vraiment envie de se sortir d'une mauvaise passe financière. Tu pourras l'aider à se poser les bonnes questions et mettre en place des actions qui seront vraiment impactantes sur le long terme.

Bien entendu, il y a des personnes qui ont vraiment besoin d'aide, des personnes âgées et/ou malades, qui ne peuvent pas ou plus améliorer leur situation financière. Qu'il s'agisse de nos parents, grands-parents, ou autres personnes très proches, on ne va pas les laisser en galère. Cependant, cela demande une organisation spécifique, puisqu'il s'agit de mettre en place une solution pérenne pour faire face à une situation qui va perdurer dans le temps. Même si c'est un montant symbolique, tout le monde doit mettre la main au portefeuille. Trop souvent, je constate qu'une seule personne sert de banque au reste de la famille, qui se laisse vivre. N'hésite pas à convoquer un « conseil de famille » afin de définir un budget « soutien familial ». Tu permettras à tout le monde d'y voir un peu plus clair et peut-être que certaines personnes pourront se poser les bonnes questions sur leur propre organisation budgétaire grâce à toi !

Mois de ....

Mes intentions pour le mois

Mes intentions pour ce mois et mon analyse tirée de la thématique du mois.

Ma liste d'envies et de dépriorisation

Ici, tu vas lister au fil du mois les choses qui te font envie mais qui n'étaient pas prévues au budget. Ainsi, tu te donnes le temps de la réflexion pour garder ton argent pour les choses qui sont vraiment importantes pour toi.

Mon point épargne à date

Date :

Support	Projet / Objectif	Montant	Évolution +/-	% du total
	Total de mon épargne à date	.... €	.... €	.... %

Remplis ensuite ton camembert pour voir la répartition de ton épargne.

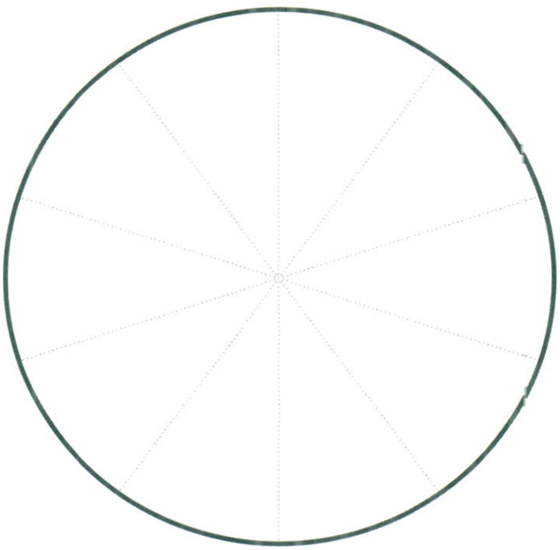

➜ **Mets également à jour ton « tracker épargne », p. 73.**

Mon calendrier du mois de ....

Lundi	Mardi	Mercredi	Jeudi

Mes imprévus et nouvelles dépenses à anticiper

Note en page de droite tes imprévus au fur et à mesure du mois et donne une note sur 5 de l'imprévisibilité de chaque évènement. On fera de même avec les nouvelles dépenses qui se profilent à l'horizon (ta cousine qui t'annonce son mariage, un voyage scolaire, etc.). Ajoute-les dans ton calendrier « Mon année sans imprévus » pp. 60-61.

Vendredi	Samedi	Dimanche

Nouvelles dépenses à anticiper

- ....
- ....
- ....

Les imprévus

- ....
- ....
- ....

Mois de ....

Bilan mensuel

MÉTÉO DE MES FINANCES

GLOBAL

ÉPARGNE

Les imprévus

- ....
- ....
- ....

Charges fixes

PRÉVU	RÉEL
.... €	.... €

BALANCE .... €

balance = prévu-réel

Charges variables essentielles

PRÉVU	RÉEL
.... €	.... €

BALANCE .... €

MON REVENU

.... €

Charges exceptionnelles

PRÉVU	RÉEL
.... €	.... €

BALANCE .... €

Épargne

PRÉVU	RÉEL
.... €	.... €

BALANCE .... €

Argent de poche

PRÉVU	RÉEL
.... €	.... €

BALANCE .... €

Analyse budgétaire

3 POINTS POSITIFS

....

....

....

....

3 POINTS DE VIGILANCE

....

....

....

....

Mon plan d'action sur les points de vigilance

....

....

....

....

....

....

....

....

....

Mon patrimoine

Liste les avoirs qui constituent ton patrimoine à date et fais le total.

	Description	Montant	Sous-total
AVOIRS IMMOBILIERS			……………… € Ⓐ
AVOIRS FINANCIERS			……………… € Ⓑ
AUTRES			……………… € Ⓒ
		Total A + B + C	……… €

Mes dettes

Liste toutes tes dettes à date et fais le total.

Si tu as des dettes envers des personnes de ton entourage, prévois une mensualité pour les rembourser petit à petit.

Description	Créancier	Montant initial	Reste à rembourser	Mensualité	Date de fin de remboursement
Total			.... €	.... €	

➜ **Écris la date, calcule le montant de ton patrimoine net (= patrimoine-dettes) et son évolution depuis ton dernier bilan.**

....

....

....

....

....

....

ANALYSE
patrimoniale

Mes points forts

Ce qui s'est bien passé au cours des 6 derniers mois :

....

....

....

....

....

....

....

....

....

....

Mes projections

6 MOIS	1 AN

Champs de progession

Ce qui pourrait mieux se passer dans les 6 prochains mois :

....

....

....

....

....

....

....

....

....

....

5 ANS	10 ANS

J'anticipe les 12 mois à venir.

....	....	....
.... €	.... €	.... €
....	....	....
.... €	.... €	.... €

....	....	....
.... €	.... €	.... €
....	....	....
.... €	.... €	.... €

Total annuel provisions	.... **€**

Oh non, c'est déjà fini !

Déjà, félicitations parce qu'en ce qui me concerne je ne suis JAMAIS arrivée jusqu'à la fin d'un planner (la discipline, ce n'est vraiment pas mon truc). C'est pour ça que je mets en place une organisation qui ne demande aucune motivation 😉 !
Je tiens à te remercier d'avoir pris les choses à cœur pendant ces douze mois. Il y a peut-être eu des coupures entre-temps, mais ne dit-on pas que tous les chemins mènent à Rome ? Chacun(e) va à son rythme. Je t'invite à aller jeter un coup d'œil à ton « bilan à date » de départ (p. 48) et à le comparer avec le dernier que tu viens d'effectuer. Quelle progression ! Elle peut s'apprécier à plusieurs niveaux :

☐ la réduction ou disparition d'un découvert chronique,

☐ un crédit consommation enfin soldé,

☐ un gros imprévu géré sans stress grâce à ton épargne,

☐ une promotion au travail,

☐ le passage d'une épargne monobloc 100 % livret A à quelque chose d'un peu plus diversifié,

☐ le développement de ton patrimoine immobilier avec l'achat d'une résidence principale ou d'un premier investissement locatif,

☐ un voyage alors que tu n'étais pas parti(e) en vacances depuis un siècle par manque de fonds,

☐ avoir pu aider une personne dans le besoin sans mettre tes propres finances en danger.

Si tu as coché ne serait-ce qu'une case, alors c'est gagné !
Chaque pas vers une gestion plus saine et sereine est une victoire, donc j'espère que tu as pris le temps d'apprécier et de savourer les petites comme les grandes victoires durant cette année. La réussite, ce n'est pas d'avoir 50 000 euros sur son compte, c'est d'être passé d'un état A à un état B dans lequel on se sent mieux.
Je suis très reconnaissante que tu m'aies fait confiance jusqu'au bout pour concrétiser ton envie de changer, d'améliorer ou d'optimiser ta façon de gérer tes finances personnelles. J'espère que tu es fier(ère) de toi ! Personnellement, je te dis un grand bravo !
Comme tu le sais, tu peux me retrouver sur Instagram où je serai ravie d'avoir de tes nouvelles et tes impressions après ces douze mois avec le planner *Mon budget sur Pilote Automatique*.

@monbudgetbento

À très bientôt !

Maeva

Notes

Notes

Notes

Notes

Notes

Notes

Cet ouvrage est composé de matériaux issus
de forêts gérées durablement certifiées PEFC™.

PEFC

PEFC/14-38-00277

Certifié PEFC

Ce produit est issu de forêts gérées durablement et de sources contrôlées

www.pefc-france.org

Achevé d'imprimer en juillet 2023 par Novoprint

Dépôt légal : août 2023

Imprimé en Espagne